El Imperio de los Vampiros

Yesenia Martínez

PAGE PUBLISHING, INC.
Conneaut Lake, PA

Primera publicación original de Page Publishing 2021

ISBN 978-1-6624-9033-0 (Versión Impresa)
ISBN 978-1-6624-9034-7 (Versión Electrónica)

Libro impreso en Los Estados Unidos de América

Índice

CAPÍTULO

1

¿Cómo empezó todo?

Hola, mi nombre es Victoria Armendáriz. Tengo 19 años, mi cabello es color negro y largo hasta la cintura. Soy una chava muy amargada; por eso creo que Abigaíl y yo nos llevamos muy bien. También soy muy risueña, pero solo con los que tienen mi confianza. Ahora les describiré un poco de Jade Carter y Jasón Jenkins.

Empecemos por mi amiga Jade. Ella es una chica muy seria y siempre se enoja por todo. Sin embargo, cuando la llegas a conocer es muy diferente; digamos que, solo con nosotros, mientras que con los demás es muy arrogante y fría. Ella es unos 5 centímetros más alta que yo, tiene el cabello largo, un poco más abajo de sus hombros, de color blanco con un toque rosa que se percibe a la luz del sol. El color de sus ojos es verde rubí. Por otra parte, mi mejor amigo: Jasón, tiene el cabello negro siempre alborotado. Sus ojos son color azul y es 10 centímetros más alto que yo. A él le llego un poco más arriba de los hombros. Cabe mencionar que, soy yo la enana entre ellos.

Ambos siempre se enojan conmigo porque uso lentes de contacto y me dicen que nadie tiene que ocultar algo como lo que yo tengo. Uso lentes de contacto color gris solo cuando voy a la escuela, ya que nadie sabe que tengo heterocromía. No obstante, gracias a Jasón, ya todo el mundo lo sabe. En pocas palabras, eso significa que mi ojo derecho es azul, mientras que el izquierdo es verde. La verdad es que nunca me han gustado mis ojos desde que tengo memoria. Bueno, mejor dejémonos de explicaciones que ahora les quiero contar una historia sobre cómo mi vida dio un giro de 180 grados.

Un día, yo me encontraba corriendo fuera de la escuela porque alguien venía persiguiéndome. Entonces, llegué a un punto en el que ya no había salida. Detrás de mí, se encontraba él, se acercaba y yo lo sentía.

—Porque nunca me lo dijiste si eras mi mejor amigo —yo le decía al que pensé que era mi mejor amigo cuando lo encontré en un salón matando a una de nuestras mejores amigas.

*****

Me encontraba yo esperando a mi mejor amigo, Jasón, para irnos juntos a casa. Últimamente él estaba muy extraño, siempre que quería hablar con él, sacaba una excusa para no hablarme y hoy era el momento para aclarar las cosas. Todos salieron y ni rastros de él. Le pregunté a una amiga de Jasón, ya que ambos llevaban clases juntos:

—Hola, Jade, ¿cómo estás? —le dije y en seguida le pregunté preocupada—. Oye, ¿no has visto a Jasón?

—Muy bien —dijo respondiéndome arrogante, pero con un poco de nerviosismo—. Mmm, sí lo he visto... Digo, ¡no!, ¡no lo vi!

Me contestó e inmediatamente, se fue corriendo. Yo me quedé parada y me preguntaba por qué tenía que ser tan arrogante conmigo. Era obvio su actitud porque no me conocía. Igual, no le tomé mucha importancia y me fui, no sin antes chequear por todos los salones... De pronto, escuché un grito proviniendo del salón que estaba en frente de mí. Abrí lentamente la puerta... Jamás creí que fuera real lo que estaba viendo, no me lo podía creer, no me podía mover. Mi mejor amigo estaba sobre una mujer. Estaba sobre nuestra mejor amiga. Él la estaba mordiendo. Entonces, levantó la mirada y miré sus ojos rojos, sus colmillos salían de su boca. Por mi parte, no podía hacer nada. Lo siguiente que hice fue huir. Me fui corriendo sin ningún rumbo.

*****

—Lo tengo que hacer... Lo siento, son órdenes. Espero y algún día me perdones —me dijo él con lágrimas en los ojos.

En eso sentí como sus colmillos se enterraban en mi cuello. Era algo doloroso. De pronto, todo se volvió negro.

CAPÍTULO

2

Mentiras y verdades

Estaba sentada en una de las bancas de la escuela, sola, recordando lo que me pasó ayer. Me sentía muy extraña y triste, porque mi mejor amiga estaba muerta. No sabía qué hacer, solo estaba esperando a Jasón para que me explicara todo lo que ocurrió ayer y después para poder matarlo. Esta mañana desperté en mi casa y no sabía cómo llegué.

*****

Mi madre entró a mi habitación a despertarme, ya que ella siempre me levanta por las mañanas, desde que tengo memoria.

—Hija, ya es hora de levantarse, ¡ya está listo el almuerzo! —me decía feliz, como siempre lo ha hecho.

Yo me levanté sorprendida.

—Mamá, ¿cómo está Abigaíl? —le pregunté.

—Hija, quiero que te tranquilices primero... Es muy doloroso lo que te tengo que decir.

Yo solo asentí con la mirada y ella prosiguió.

—Hoy en la mañana me enteré, por medio de las noticias, que a una alumna que estudiaba en tu escuela la encontraron muerta en un callejón y esta resultó ser Abigaíl... Lo lamento mucho, hija.

Por mi parte, yo no me podía mover. Estaba triste. Empecé a llorar y mi madre solo me consolaba. Entonces, como pude, me levanté y me dirigí a ella.

—Gracias por apoyarme mamá y lo sé, tengo que ser fuerte... Tengo que salir adelante.

No le quise decir sobre lo que paso ayer porque estaba enojada y triste. Pensaba en que, cuando llegara a la escuela tendría que hablar con Jasón sobre qué fue lo que pasó y después matarlo... Claro que sí.

Más tarde, en el comedor de mi casa, me encontraba conversando con mi mamá.

—Oye mamá, tengo una duda —le decía mientras vertía jugo de naranja en mi vaso.

—Sí, dime hija, ¿cuál es? —me decía ella mientras lavaba los trastes.

—¿Cómo llegue a la casa?, solo recuerdo haberme desmayado —le dije, esquivando lo que me hizo Jasón.

—Bueno, creo que te desmayaste, tu amigo Jasón me dijo que te habías quedado dormida en la casa de Jade y él te trajo cargando —me decía mientras me tocaba la frente, se notaba preocupada—. ¿Te sientes bien?

—Oh, no mamá, no es nada... Creo que es porque no quise comer nada ayer por la tarde y sí, ya lo recordé. Jade me obligó a comer, pero después me quedé dormida en su cuarto —mentí.

—¿Estás segura? —preguntó preocupada.

Yo solo asentí. Ella, de pronto, miró mi cuello.

—¿Qué tienes en el cuello? —preguntó.

Yo fruncí el ceño. Entonces, entré al baño y me miré al espejo. Me sorprendí, pues tenía los colmillos marcados en mi cuello. En eso, mamá entró.

—Tal vez me picó algo —respondí.

—¿Estás segura de que te sientes bien? Porque esas marcas no parecen piquetes de algo que yo conozca —decía mirándome el cuello—. ¿Te duele?

Preguntó y tocó, levemente... Y sí, sí dolía.

—Estoy bien mamá, no te preocupes, de verdad —respondí antes de que siguiera tocando, porque de verdad dolía horrores—. Deja que voy arriba por mis cosas, se me va a hacer tarde para la escuela.

Entonces, salí del baño.

—Está bien hija —me contestó ella, aún un poco preocupada.

Fui a mi habitación, me miré en el espejo y ahí estaban las pequeñas marcas de los colmillos de Jasón. Tenía que cubrirlas con algo, así que me puse una bufanda. Me despedí de mamá y me vine directo a la escuela.

*****

En eso, en la entrada de la escuela, se encontraba Jasón caminando junto a Jade y venían hacia donde yo estaba. Yo solo me levanté furiosa y lo golpeé.

—Espera, déjame explicarte —me decía entre cada golpe que le daba.

—Te dije que reaccionaria así, Jasón —dijo Jade mientras me separaba de Jasón.

—*No, nunca te perdonaré lo que hiciste, ni a ti tampoco, porque tú también sabías sobre esto* —le dije gritando a Jade—. ¡¿Por qué me hiciste esto?! —le dije a Jasón mientras me quitaba la bufanda mostrándole las pequeñas marcas de sus colmillos.

—No quiero escandalizarte, pero yo también soy una vampiresa —me dijo con una sonrisa.

Yo solo me quedé en shock.

CAPÍTULO

3

Aclaraciones y Jenkins, "El jefe"

—Tenía que convertirte en vampiresa, fueron órdenes de Jenkins, nuestro jefe —dijo Jasón.

—¡Explícate quieres! —le grité enojada, casi llorando.

—Tienes que tranquilizarte o te hará daño —me dijo Jasón.

Yo traté de tranquilizarme y lo logré, pues en verdad quería que me explicara todo sobre el motivo por el cual mató a Abigaíl. También quería saber si yo me había convertido en una vampiresa, desde el primer momento en que me mordió.

—Jenkins es el jefe de nosotros, los vampiros —narraba—. Él me dijo que matara a Abigaíl porque ella era espía de un grupo de criminales que están en contra de todos nosotros, quienes nos hacemos llamar el Clan Jenkins. Ella estaba en otro clan y nos traicionó. Jenkins nos decía, continuamente, en dónde estaban para poder ir a atacarlos, pero ella, de pronto, desaparecía y no la encontraba por ningún lado... Yo nunca le dije nada a Jenkins, porque pensaba que ella se pondría nerviosa por una nueva misión. Sin embargo, un día se me ocurrió seguirla. Llegué a una mansión de 2 pisos y la seguí. Entré como pude.

«Claro, como eres vampiro, te puedes transportar», pensaba.

—Con cuidado, la seguí por los pasillos sin hacerme notar y la vi diciendo que los habían localizado —mencionó—. Entonces, me

11

fui lo más rápido que pude a ver a Jenkins y le dije lo que vi a lo que él me respondió lo siguiente, furioso: "Ahora tú tienes la misión de matarla a ella, por no haberme dicho nada antes. Tú sabes las reglas de este clan... El que descubre que alguien que nos está traicionando, debe matarlo". Yo solo me quedé en shock. Ella es mi mejor amiga, me decía en mi mente, pero esta traición me cambió la vida. Tenía que matarla. Entonces, asentí en silencio mientras él continuaba: "Si alguna persona te ve matando a alguien sabes lo que tienes que hacer, pues tienes 2 opciones: la primera es que puedes matar a esa persona y, la segunda es que se una a nosotros en este clan, pero sabes que tienes que transformarlo". Yo solo asentí me retiré a cumplir la misión al día siguiente.

En eso lo interrumpió Jade.

—Cuando me viste saliendo de ese salón no te quería decir nada para no preocuparte. Yo sabía que tú y Abigaíl eran muy amigas, junto con Jasón —dijo volteándolo a ver, seria pero triste—. Por eso, no te dije nada y me fui corriendo, pues yo tampoco quería que vieras ese momento...

—Pero tú me viste —me dijo Jasón interrumpiendo a Jade—. Y no lo quise hacer, pero son las reglas: o te convertía en una vampiresa o te mataba —me dijo arrepentido y al borde de las lágrimas.

CAPÍTULO

4

Confesiones

Yo no sabía qué hacer. No esperaba para nada lo que vino. Sentí el impulso de abrazarlo y lo hice. Él se dejó abrazar y lo sentí, su cuerpo frío, típico de los cuentos de vampiros.

—Oye —le dije tranquilizándolo—. Es cierto todo lo que dicen sobre los cuentos de vampiros, sobre los ajos, las cruces y el sol —le dije ya más relajada y con un poco de burla.

—¡Claro que no! Lo único real es sobre el cuerpo frío, lo demás es cuento de la gente... Sobre las cruces, el sol y el ajo —me dijo con una sonrisa.

—Entonces, ¿yo ya soy vampiresa? —le pregunté un poco asustada.

—No, aún no, pero... —dice y se me queda viendo a los ojos, se dio cuenta de que traía los lentes de contacto grises—. ¿Qué te he dicho sobre usar tus contactos? Tus ojos son hermosos a lo natural, ¿nunca entenderás o qué? —me dijo un poco enojado.

—Oye, no cambies de tema... ¿Soy o no una vampiresa? —le dije amenazándolo con mi puño sobre su cara.

—Te irás convirtiendo, dentro de un mes tendrás los síntomas —me dijo asustado por haberlo amenazado— Jade, dile cuáles son los síntomas para que se vaya preparando.

—A los hombres les da síntomas diferentes a comparación de las mujeres —me dice Jade.

—Esperen un segundo —dije y les hice una seña en forma que pararan.

—¿Cuánto tiempo tienen ya convertidos? —les pregunté un poco curiosa y se quedaron viendo entre ellos.

—Mira Victoria —dice Jasón, un poco nervioso rascándose la cabeza—. Yo tengo 200 años convertido.

—Y yo tengo 100 años —dijo Jade.

—Pero... Pero ustedes se miran de 20 años, igual que yo —dije sorprendida.

—Cuando un vampiro transforma a una persona, esa persona se queda en esa edad. Por ejemplo, a mí me transformaron a los 20 años, al igual que a Jasón, pero él tiene más tiempo que yo —decía Jade.

—Tenemos que repetir la escuela cada año aunque ya sabemos todo, pero a veces salen cosas nuevas que tenemos que aprender. Por eso, somos los primeros lugares en esta escuela. Cada 4 años cambiamos de escuela, para volver a repetirla... Entonces, te preguntarás si nos cansamos. Sí, un poco, pero lo tenemos que hacer por mandato de Jenkins, así que tú vas a pasar lo mismo —me dijo Jade en su tono aburrido.

—Entonces Jenkins debe tener, ¡wow!, más años que ustedes.

Los dos asintieron.

—Él es mucho más mayor de nosotros —decía Jasón.

—Entonces, Jade, dile sobre los síntomas de una vez que ya casi toca la campana para entrar a clases.

—Te diré en el receso, ahora ve a tus clases —me dijo Jade—. ¡Oh! Y no digas nada sobre esto, sobre lo que somos... Si lo dices, podemos matarte.

—Tienes prohibido decir todo lo que te contamos que aquí en esta escuela puede que también haya gente del otro clan y no queremos arriesgarnos —dijo Jasón.

Asentí asustada y me fui corriendo, pero en eso me hablo Jasón.

—Hey Victoria, ven aquí —me dijo y me acerqué de nuevo a él—. Quítate los contactos y me los entregas —me dijo en su tono de hermano mayor.

—¿Qué? —le dije gritando enojada—. Jamás te los daré, además nadie en esta escuela sabe sobre mis ojos, todos se me quedaran viendo como si fuera un fenómeno.

—¡Victoria Armendáriz dame los contactos ahora! —me dijo Jasón perdiendo la paciencia.

—Está bien, pero me compraré otros y ni te darás cuenta —me los quité en frente de él y se los di.

CAPÍTULO

5

Síntomas y Proceso

Después de dárselos me fui corriendo. Todos se me quedaban viendo a los ojos, me sentía rara. Todos cuchicheaban, pero al rato, no me importó. Llegué a mi primera clase y una compañera, Rachel, se sentó enfrente de mí.

—Oye Victoria —me dice y se me queda viendo de forma curiosa.

—¿Qué acaso no habías visto ojos de diferente color o qué? —le dije enojada, suficiente tenía con las miradas de mis otros compañeros.

—Disculpa Victoria, es que son raros, pero bonitos. Me encantan tus ojos, ¿cómo se le llama a eso? —me preguntó curiosa.

—Heterocromía —le contesté controlando mi impaciencia.

—Ándale eso —me dijo con una sonrisa.

—Cuando mueras me regalas tus ojos —me dijo y yo reí.

—Sí, claro, yo te los regalo —le contesté.

«Pero lástima que no te los daré, porque nunca moriré», pensé y reí por dentro.

—Oye, ¿si supiste sobre lo que le paso a Abigaíl? —me preguntó asustada.

Solo asentí. No quería hablar sobre eso, pero creo que Rachel quería decirme todo.

16

—Dicen que fue mordida por algún vampiro —me dijo muy bajito.

—No, ¿cómo crees? ¡Ja! Un vampiro —chisté la lengua—. No lo creo, eso ni existe —le dije nerviosa.

—Es en serio, eso es lo que... —decía y fue interrumpida por el maestro.

—¡Buenos días, alumnos! —me salvó el profesor de historia, bendito sea.

—Después te cuento —me dijo y volteó a ver la clase.

Así transcurrieron las clases, aburridas como siempre. Por mi parte, yo ya quería que llegara la hora del almuerzo, estaba nerviosa y a la vez, emocionada, por la plática que tendría.

4 horas después...

Sonó la campana para salir al almuerzo, pero había un problema: no sabía en dónde se encontraban ellos, así que tuve que ir al salón de Jasón para irnos juntos. Iba corriendo cuando, de pronto, me topé con alguien.

—Oye, ten cuidado por dónde... —le grité y me arrepentí de haberle gritado, pues era la persona con la que menos quería encontrarme en estos momentos... Esos ojos cafés, con destellos azules, su cabello castaño, alborotado. Más alto que yo, era de la misma estatura que Jasón... Me encantaba cómo era él, esa persona era...— ¡Walker! —le dije asustada.

—Hola, Victoria, ¿sabías que no se debe correr por los pasillos? —me dijo con esa sonrisa que me encantaba y dándome la mano para ayudarme a levantarme.

—Sí, lo siento por haberte gritado y gracias —le dije.

—No te preocupes, ¿hacia dónde ibas con tanta prisa? —me preguntó.

—Yo iba a buscar a... —dije y en eso, Jasón se asomó por su hombro, pues estaba atrás de Walker.

—Ahí estas —me dijo Jasón—. Te estaba buscando, ven vámonos, tenemos una charla pendiente y tú también vas.

Entonces, le dijo algo en voz baja que yo no alcancé a escuchar.

Nos fuimos a encontrar a los demás, pero yo tenía hambre y quería ir a comer algo antes de tener esa charla, pero me detuvo Jasón.

—Espera, primero tienes que escuchar la charla que tenemos pendiente —me dijo en una forma en que yo solo lo escuchara.

—Está bien —le dije.

Y fuimos a sentarnos. Ahí se encontraba Jade y Hades, un compañero de salón a quien nunca le había puesto atención. Era del tamaño de Jade; es más, eran idénticos, solo que Jade tenía el cabello más largo que él. Yo creo que son hermanos. Debería preguntarle a Jade también sobre eso. Entonces, nos sentamos en la parte en frente, donde estaba Jade, Walker y Hades. Jasón estaba a mi costado.

Me dirigí a ellos.

—Jade —le dije un poco nerviosa—. ¿Walker y Hades pueden estar aquí y escuchar la conversación? —le pregunté nerviosa.

—Victoria, te presento a los otros integrantes del clan y a mi hermano menor, Hades —me dijo con una sonrisa.

—Cállate Jade, solo porque hayas nacido 3 minutos antes que yo, no significa que seas mayor que yo —le contestó enojado.

—Claro que sí —le contestó enojada.

—¡Que no! —le contestó Hades enojado.

Yo me quedé helada. Walker y Hades son vampiros.

—¿Qué? —le dije sorprendida.

—Ya cállate... Hades, déjame terminar de hablar con Victoria... Y si ellos son parte del clan, ¿qué pasa?, ¿hay algún problema?

Lo último me lo dijo casi susurrándome.

—La verdad no, solo uno: Walker me gusta desde el primer día que entré a esta escuela —le dije bajito.

Ella solo sonrió y me guiñó el ojo. Me quedé pensando en por qué le dije algo que jamás debía haberle dicho, pero me quedé pensando aún más en él, porque me guiñó el ojo. Solo lo dejé pasar.

—Oye Jade, ¿somos amigas verdad? No quiero que digas nada sobre lo que te acabo de decir —le dije inquieta.

—Claro que no diré nada... Solo si tú guardas un secreto mío —me dijo.

Yo asentí.

—A mí me gusta Jasón —me dijo feliz.

—¿En serio? —le dije emocionada, ya que hace más de un año me acababa de decir Jasón que él quería a Jade, pero mejor no le quise decir nada.

—Sí, ahora concéntrate en la plática, ¿está bien? —me dijo.

Me empecé a sentir un poco rara y no sabía cómo describirlo. De pronto, se me quitó el hambre, tal vez era porque estaba nerviosa. No le tomé mucha importancia, pues yo estaba impaciente por saber cuáles eran los síntomas.

—Bien Victoria —me volvió a decir Jade—. Los primeros síntomas los tendrás dentro de... Espera, ¿cuándo la mordiste? —dijo mirando a Jasón.

—Fue ayer —le contestó mientras comía.

—Oh, por dios —Jade le pegó en la cabeza—. ¿Por qué no me lo dijiste en la mañana? Te dije que me lo recordaras, eres un idiota, ¡ah! —dijo desesperada.

—Ya, lo siento, no me vuelvas a golpear... Mejor golpea a Hades —le contesto sobándose la cabeza.

—¡Hey! —fue lo único que dijo Hades.

—¿Por qué?, ¿qué ocurre? —dije nerviosa.

—Estás a punto de transformarte —me dijo.

—Y, ¿cómo lo sabes? —le pregunté.

—Te miras más pálida de lo normal —dijo nerviosa—. No te preocupes, tengo que decirte antes los síntomas... Bien, los síntomas llegan al día siguiente o para mañana, pero ya estás en la etapa final —me dijo sorprendida—. Ya te llegarán los primeros síntomas y estos serán que no vas a querer comer nada

—De hecho, se me acaba de quitar el hambre —dije asustada.

Ella se me quedo viendo.

—Ok —dijo un poco nerviosa—. También solo tendrás sed... Si no comes, puedes morir, así que tendrás que quedarte en nuestra casa para ayudarte.

Volteó a ver a todos y todos asintieron.

Me sentía rara, sentía mi garganta un poco seca. Tomé el agua que estaba en frente de mí, pero no servía de nada, no me quitaba la sed. Jade me miró y miró a los demás nerviosa, mientras que estos la miraban serios, esperando la etapa final

—También tendrás algunos desmayos y cuando entres a la etapa final, o sea, cuando ya estés a punto de convertirte, te dolerá la cabeza y te desmayaras. De esa forma, te quedarás dormida durante 1 o 2 días y ya cuando despiertes, te sentirás extraña y tendrás sed, pero no de nuestra sangre. Será más la sangre humana que tendrás deseo de probar y tendrás que hacer un esfuerzo en no querer matar a las personas que te rodean. Solo nosotros podemos darte de comer de nuestra sangre, ya después de tiempo te daremos sangre de animal, que es algo parecido —dijo.

—Y si no me puedo llegar a controlar, ¿qué puede pasarme? —pregunté asustada.

—Tienes que poder, yo lo logré en 1 mes, mientras mi hermano, Hades, lo logró en 2 meses; Jasón lo logro más rápido, en 3 semanas; mientras que, Walker aún está en eso —me dijo y miró a Walker.

—¿Cuánto tiempo tienes de transformado Walker? —le pregunté un poco intranquila.

—Tengo 1 mes y 2 días —me dijo

—¿Recuerdas las veces que te ignoraba? Discúlpame por haberlo hecho —decía él.

—Bueno, en esos días estaba ayudando a Walker a controlarse, pero ahora ha mejorado un poco —me dijo orgulloso Jasón por haberlo ayudado, interrumpiéndolo.

—Entonces esos son los síntomas que tendrás —me dijo Jade y prosiguió seria—. Ahora tengo que decirte algo y esto te afectara más en tu vida que nada, pero es por el bien tuyo y de tu madre.

—¿Cuál es? —le pregunté.

—A tu mamá le tendremos que borrar la memoria de que alguna vez te tuvo —me dijo sin preocupación.

—Esto es mucha presión para mí, mejor me retiro —dije y en eso me levanté.

Entonces, me comenzó a doler la cabeza, me la agarré con mis manos y apreté fuerte mis ojos, era un dolor insoportable. Me empecé a marear, mis piernas no reaccionaban y después, sentí que caía, pero antes de que mi cabeza tocara el suelo, sentí a alguien tomar mi cabeza. Abrí mis ojos como pude y pude distinguir quién era. Esa persona era Walker. Lo miraba borroso, pero lo distinguía.

—Estarás bien —me dijo.

Eso fue lo único que escuche antes de desmayarme.

6

Tristeza y la historia de los hermanos Jenkins

Abrí, poco a poco, mis ojos. No reconocía en dónde estaba. Parecía que estaba en casa, aunque no lo creo. Estaba recostada en una cama y a mi lado, estaba sentado Walker dormido. Parecía que me estuvo cuidando toda la tarde. Entonces, volteé a ver el reloj y eran las 3 de la tarde. Saqué una almohada, que estaba a un lado mío y lo que hice fue tirarla hacia él. Sin embargo, antes de que le pegara, este la agarró. Me quedé sorprendida.

—¡Vaya! Hasta que despiertas —me dijo sonriente.

—¿En dónde estoy? —le pregunté.

—Estás en la mansión Jenkins o más bien dicho, en mi habitación —me dijo sonriendo.

Me sonrojé y lo que hice fue mirar la habitación, pero antes la cama. Esta era grande y muy cómoda, tenía el edredón color negro, al igual que los muebles. El color del cuarto, por su parte, era gris claro, así que resaltaba mucho con las decoraciones más oscuras.

—¿Cuánto tiempo llevo dormida? —le pregunté a Walker.

—Llevas nada más y nada menos que 2 días exactamente —me dijo burlón.

—Entonces, ¿ya es oficial no? Ya soy vampiresa —le dije con una media sonrisa, pero aún estaba triste.

—Así es, mi pequeña saltamontes —dijo Jasón, entrando a la habitación y yo no sabía si sonreír o llorar.

—Oye Victoria, no estés así, ahora vivirás aquí con nosotros —me dijo sonriente.

—¿Por qué tengo que sufrir esto? —dije.

No pude más y estallé en lágrimas. Jasón y Walker se miraron. Ambos sabían que hablaba de mi madre.

—Nada es peor que maten a tu madre —dijeron Jasón y Walker a la vez.

—¿Qué? —les dije preocupada.

—Aún no te lo queríamos decir, pero Walker y yo somos... Hermanos... Bueno, hermanastros —me dijo sonriente, mirando a Walker.

—Te vamos a contar cómo nos conocemos —dijo Jasón.

—Jasón nació en el año 1815 –empezó a narrar Walker—. Como hijo único, su madre fue Cristina de Jenkins y nuestro padre, Jenkins. En ese entonces, ya era vampiro. Él es conocido como el Rey de los Vampiros, nosotros somos, digamos, los príncipes —dijo Walker, moviendo una mano, dando a entender que no le importa.

—Así es —lo interrumpió Jasón—. Un día encontré a mis padres discutiendo. Yo, en ese entonces, tenía 17 años. Yo no sabía de qué discutían, pero dos años después me enteré de que era porque mató a mi madre —dijo Jasón con rabia—. Yo traté de detenerlo, pero él era más fuerte que yo, así que me aventó contra la pared. Lo odié después que la mató. Entonces, se acercó a mí y me dijo: "¡Ahora es tu turno!". Se acercó a mí y me clavó los colmillos en mi cuello, transformándome al instante. Solo él puede transformarte al instante.

—Ahora sigo yo —dijo Walker—. Esto nunca te lo quise decir, pero te lo diré —le decía Walker a Jasón—. 200 años después yo conocí a Jasón, desde que tenía 6 años. Yo lo veía cuando iba a la escuela y solo me miraba a mí. Algo me decía que yo lo conocía y así era.

Walker miró a Jasón y este tenía su cara roja.

—Yo creí que nunca te darías cuenta hermanito —le dijo Jasón a Walker.

—Ya ves que sí —le dijo sonriente—. Yo creía que era un maldito pedófilo que solo estaba detrás de mí.

Me miró y sonreí un poco más calmada.

—No es cierto, yo no soy pedófilo —dijo Jasón enojado.

—Ja, ja, ja —reímos Walker y yo.

—Ya, continúa con la historia —dijo Jasón un poco avergonzado

—Mi madre se casó con su padre —dijo Walker apuntándolo con su dedo.

—Es padre de los dos —dijo Jasón enojado.

—Lo sé, solo me gusta fastidiar —dijo arrogante—. Un día, llegué a esta mansión y lo conocí. Yo ya tenía mis 19 años recién cumplidos. Por mi parte, no sabía qué eran ellos; hasta que un día, mi hermano me llevó a dar un paseo afuera de la mansión y cuando me dijo eso me quedé en shock: "yo tengo 200 años y soy un vampiro" –dijo Walker imitando a Jasón.

—Ya, déjame en paz —le dijo Jasón—. Y aquí viene lo malo...

Estaba a punto de decirle sobre su madre, cuando me llegó el aroma a sangre.

—Ya es demasiado tarde, corre –le dijo a Walker—. No mires atrás, corre y no vuelvas.

En eso Walker se fue corriendo, pero solo alcanzó a correr a la reja cuando atrás de él estaba Jenkins.

—Es tu turno —me dijo Jenkins y me convirtió.

Yo solo me mantuve callada en toda la historia. Ahora me venían preguntas a la cabeza así que les pregunté.

—Entonces es por eso que odian a su padre —asintieron los dos.

—Nosotros sufrimos muchas cosas cuando nos transformó. Fue lo mismo que a ti, nos desmayábamos y él nunca nos ayudó, mi hermano me ayudo a salir adelante —dijo Walker.

—Por eso somos inseparables —dijo Jasón.

—Sí y eso es fastidioso, no tengo privacidad —dijo Walker mirando a su hermano.

—Ya, está bien, no me juntaré jamás contigo —dijo yéndose a la puerta y dando un portazo.

—Espera Victoria, dale unos 10 segundos —me dijo Walker con una sonrisa y yo solo asentí un poco preocupada-

Ya pasados unos 5 segundos, se abrió la puerta.

—Walker, en serio eres mi hermano, no me alejes de ti —dijo triste.

—Vaya hermanito, rompiste récord, solo tardaste 5 segundos en regresar —dijo riéndose.

Yo solo reí, pues ambos eran unos tontos. Los hermanos están para fastidiarse, pero siempre que los necesitas, siempre estarán ahí para ti.

En eso Walker camino hacia él y lo llevó afuera de la habitación.

—Espera, no te levantes, ahora regresamos —me dijo Jasón y Walker al unísono.

Pequeña charla entre Jasón y Walker-

Ya afuera de la habitación...

—Jasón, tenemos que decidir quién de nosotros va a tener que darle sangre a Victoria —dijo Walker.

—Vamos todos lo sabemos —se metió Jade en la conversación.

—Así es Walker, tú la quieres, es tu deber darle de tu sangre —le dijo burlón.

Walker solo se sonrojó. Él solo se sonroja cuando hablan de él y Victoria, ya que la quiere, pero no tiene las agallas para decirle... No aún.

—¿Cómo lo sabías Jade? ¿Acaso mi hermano te lo dijo? —dijo mirando a Jasón enojado.

—¡Ay!, ¡por favor Walker! Si a más de un kilómetro se nota que la quieres— le dijo Jade.

—No se lo digan, no por ahora —les advirtió a los 2 y ellos solo asintieron.

De vuelta en la habitación...

«No sé qué tanto se traigan estos chicos», pensé.

Me levanté de la cama y caminé hacia la ventana, mirando el hermoso jardín frente a mí. En eso, comencé a sentirme un poco mareada y comencé a respirar un poco agitada. Cerré los ojos, tratando de controlarme; sin embargo, los abrí y no podía. Tomé mi garganta, tratando de pasar, al menos, saliva, para quitarme esta sed, aunque sabía que yo sola me estaba engañado. En eso, se abrió la puerta, dejando ver a los 2 chicos con Jade.

—Chicos, no les quería decir esto aún, pero ya no aguanto —les dije aún con mi mano en la garganta, avergonzada—. Tengo sed.

—No te preocupes, Walker se ofreció para darte de su sangre —me dijo Jade.

Sentí como toda mi sangre se me iba a la cara.

—Por Dios, Victoria, ¡estás como un tomate! —se burló Jade y Jasón.

—¡¡¡Cállense!!! —les grité y les aventé una almohada.

Con suerte les pegué en la cara, ya que Jasón también sabía que me gustaba su hermano.

—Al menos yo demuestro mis sentimientos, aunque no sea en palabras —les dije.

En eso, Jasón y Jade se voltean a ver y se separan a más de un metro con la cabeza mirando hacia abajo, ya que eran muy fríos y no se querían decir nada.

«Justo en el blanco», pensé.

Sonreí y en eso, me sentí un poco más mareada. Walker me alcanzó a tomar, pues él era rápido y me cargó como una princesa. De pronto, volví a sentir cómo mi sangre volvía a mi cara.

Mientras tanto en el castillo de Jenkins...

—Señor, la han transformado —dijo el mayordomo.

—Perfecto, tráiganla junto con todo el clan —dijo, sin importarle mucho.

CAPÍTULO

7

Conociendo a Jenkins en persona

—Bájame, estoy bien —le dije a Walker un poco nerviosa.

—Está bien —me dijo.

Cuando me bajó, di 5 pasos hacia Jasón y tropecé, pero ahora fue Jasón quien me sostuvo.

—Oye, enana, tienes que comer —me dijo burlón.

—Los dejamos para que tengan un poco de privacidad —dijo Jade.

Me volví a sonrojar al igual que Walker.

—Sí, luego los vemos chicos —dijo Jasón.

—¡Hey!, vamos con mi hermano, debe de estar abajo comiendo, tengo hambre —le dijo Jade a Jasón saliendo de la habitación.

—Sí, también muero de hambre —terminó diciendo, cerrando la puerta.

Unos minutos después de que se fueran, Walker se dirige a mí.

—Bien, creo que ya debes de haber visto las películas de cómo los vampiros muerden a la gente verdad... —me dijo con una sonrisa y yo solo asentí— Bueno, ahora tú has lo mismo.

Acercó su cuello a mi boca, lo detuve y lo empujé un poco.

—¿Qué pasa? —me preguntó.

—No puedo hacerlo... ¿Qué tal si no te suelto?, o, ¿te desangras?, o... —le dije nerviosa.

Él se acercó a mí. Entonces, lo tenía a 10 centímetros de mi rostro y me sentía mucho más nerviosa que antes.

—Cálmate, yo te detendré, no te preocupes, además... No puedo morir, ¿recuerdas? —dijo sonriendo.

Yo solo lo miraba a los ojos. Él tomó mi mentón, se acercó un poco más a mi rostro y ya estábamos a unos centímetros. Así pasó. Me dio un beso y no era cualquier beso. Era mi primer beso y me lo estaba dando la persona que me gustaba desde el primer día que lo vi, en aquel salón. Duramos así unos minutos, hasta que se separó de mí. Por mi lado, yo estaba nerviosa. Mi cara comenzó a arder por lo que acababa de ocurrir

—¿Fue tu primer beso verdad? —me preguntó serio.

Yo solo asentí avergonzada, tratando de no mirarlo a los ojos. Me tomó del rostro, obligándome a verlo a los ojos y me dedicó una sonrisa.

—¿Sabes?, me gustas desde que te conocí —me dijo con una sonrisa

—Bueno, tú también me gustas, solo que no sabía la manera de decírtelo —le contesté.

—Bueno, ahora que lo sabes, quería preguntarte si tú... —me miró a los ojos y me preguntó con media sonrisa— ¿Quieres ser mi novia?

—Sí —le contesté feliz.

—Bien, ahora quiero que bebas antes de que te vuelvas a desmayar —me dijo, acercándose a mí de nuevo.

—Está bien, entonces solo lo hago como en las películas —le dije.

—Sí, eso es todo —me contestó.

Me acerqué a su cuello. Abrí un poco la boca y procedí a morderlo un poco fuerte. Él solo gimió de dolor. Creo que le mordí demás. Probé su sangre y era extraño, porque no sabía tan mal. Yo me imaginaba que sabría a ese sabor metálico, pero no. Su sangre tenía un sabor dulce. Entonces, dure así unos minutos, bebiendo.

—Oye, ya para, creo que es suficiente —dijo.

Yo no le puse atención. Adoraba ese sabor, sabía muy bien. No obstante, tenía que hacer el esfuerzo de parar. Cuando pude, me retiré y lo vi a los ojos. Él me quito un hilo de sangre, que caía de la comisura de mi boca, con su dedo pulgar. Entonces, me arrepentí de haberlo hecho.

—No me vuelvas a pedir que pruebe de tu sangre, ¿entendiste? Perdón por haber sido un poco ruda contigo, aún soy inexperta —le dije, abrazándolo.

—Ya, tranquila —dijo—. No me pidas eso que tendrás que hacerlo cada vez que tengas sed

Me sorprendí. Él, por su parte, se pasó un pañuelo limpiando el resto de sangre que quedó en su cuello. Cuando se lo quitó, miré las marcas de mis colmillos, que iban desapareciendo poco a poco.

—Hey chicos —nos dijo Hades, entrando por la puerta—. ¡Vaya! Son novios, ¿verdad? —dijo Hades, en tono picarón.

—¿Qué?, ¿cómo lo sabes? —le pregunté nerviosa.

—Ya confirmaste lo que pregunté —se ríe.

—¿Qué pasa Hades? Sabes que primero se toca la puerta antes de entrar —le dijo Walker a Hades.

—Sí, lo sé, lo siento, no volverá a pasar... Vine para decirles que tenemos que irnos, acaba de hablar El Jefe, quiere conocer a Victoria —le dijo.

—Tienes 10 minutos para hacer lo que tienen que hacer —dijo Hades y se fue.

—Ya se había tardado en hablar... ¡Vamos! Cámbiate o date una ducha lo más rápido que puedas —me dio un beso y se fue.

—Ok.

«¿Ahora que me pongo?», me pregunté a mí misma.

Fui al armario, pero no tenía ropa aquí, pues este era el de Walker.

—Walker, ¿dónde está mi ropa?, no tengo nada —dije y es eso, sentí a alguien detrás de mí.

—Es que está en tu habitación —pegué un brinco, ya que hace unos minutos él se había ido—. Está aquí, al frente, no te asustes... De una vez te digo para que te vayas acostumbrando: siempre que alguien me llama, lo escucho y me aparezco en donde

me necesiten y bueno, todos los vampiros tenemos ese poder —
dijo sonriendo.

—Oh, está bien, gracias, ¿cuánto tiempo me queda? —le
pregunté.

—Tienes 6 minutos, pero no te preocupes, terminará en... —dijo
y se quedó hablando solo, ya que me fui corriendo a mi habitación.

—En menos que eso... —suspiró— ¡Mujeres!— dijo sonriendo
y se fue.

En la habitación de Victoria...

Dios, tenía 6 minutos solamente. Bueno, creo que los vampiros
tenemos velocidad, ya que llegue rápido a mi habitación. Me tomé
un poco de tiempo en verla. Era de mis colores favoritos: verde y azul.
Me fascinó. Los muebles eran blancos y la decoración de diferentes
tipos de azul y verde. Me quedé encantada, pero no tenía tiempo de
mirar todo, así que me di un baño y fui al armario. Vi un vestido
blanco que me llegaba hasta las rodillas, me lo puse lo más rápido que
pude, me dejé mi cabello suelto y bajé corriendo las escaleras. Abajo
ya me estaban esperando todos.

—Lo siento, por la tardanza —dije y todos se me quedaron
viendo—. ¿Qué pasa?

—Es que solo tardaste 3 minutos en arreglarte —dijo Jasón
sorprendido.

—Le ganas a mi hermana en arreglarse, ella aún está en el baño
—se rio.

—Ah, bueno —dije y reí.

«Ahora que soy vampiresa, ya puedo hacer las cosas más rápido»,
pensé.

—Ya déjense de cosas y tú Hades, te tardas más que yo, ya que
te pones a cantar —dijo mirando a Hades fríamente.

Ella tenía puesto una blusa azul de manga larga, con un short
blanco y una trenza de lado, con unas zapatillas negras.

—Ya dejen de pelear y vámonos —dijo Walker enojado.

—Nos transportaremos, ¿está bien? —me dijo Walker y yo solo
lo abracé.

—¡Jade no!—gritó Hades a su hermana.

Alcancé a escuchar a los hermanos peleando y en un abrir y cerrar de ojos, ya estábamos en el castillo de los Jenkins. Me solté de Walker, pues estaba sorprendida. Ese castillo era hermoso, pero algo terrorífico. Sin embargo, aun así me gustaba.

—¡Jade ya bájate que estás pesada! — Hades le gritó a su hermana, ya que ella estaba sobre su hermano en tipo caballito.

—¡Cállate!, ¡esto te pasa por burlarte de tu hermana mayor!, ¡sigue adelante!, ¡arre caballo arre! —gritó Jade como si fuera una niña pequeña.

—Por favor Jade, eres 3 minutos más grande que yo y no es la gran cosa —le dijo Hades a su hermana—. Y ya bájate que no estás tan liviana —le dijo fastidiándola

—Cállate y avanza —le dijo fría.

Su hermana ganó y él la tuvo que llevar de caballito hasta más allá de la entrada del castillo, ahí nos recibió una persona. "Tal vez sea el mayordomo", me dije a mí misma.

—¡Qué bueno que llegan!, el amo los espera —dijo con una sonrisa.

—Quédate cerca de mí, ¿está bien? —me dijo Walker.

—Sí claro —le contesté.

Me tomó de la mano y caminamos. Lo único que se oía eran las peleas de Hades y Jade. Hades le decía que se bajara, pero Jade le decía que no.

—Oye Walker —dije y él volteó a verme—. ¿Siempre son así los gemelos?

Pregunté apuntando a Hades y a Jade, ya que este la dejó caer y Jade se encontraba en el piso sobándose la cabeza.

—Eso te pasa por fea —le dijo Hades a Jade.

—Idiota, somos gemelos, somos iguales, así que tú tampoco te quedas atrás —le dijo Jade arrogante.

—Sí, así son siempre —me contestó Walker, rodando los ojos.

Yo solo reí.

—Pero cuando hay misiones no se comportan así... —me dijo Jasón, aún con la vista hacia el frente.

—Y, ¿cómo se portan? —le pregunté curiosa.

—Se comportan peor —dijo Jasón.

—Son unos sádicos esos dos juntos y son peor que el padre de Jasón —lo interrumpió Walker.

—Sigues con lo mismo Walker, él es padre de los dos —dijo Jasón enojado mirando a Walker.

—Oye, Jasón —le hablé.

—Sí, ¿qué pasa? —me volteó a ver con su sonrisa.

—¿Ya le dijiste a Jade que te gusta? —le pregunté, ya que Jade estaba ocupada pegándole a su hermano.

—No, aún no pienso decirle, ¡vaya que tú no pierdes tiempo! —dijo apuntando mi mano entrelazada con Walker.

—¡Oye! —le gritamos Walker y yo.

—Ja, ja, ja —se carcajeó.

En eso, Jasón se puso en un modo tan serio que dio escalofríos.

—Oigan, ¡ustedes dos ya paren que ya vamos a llegar! —les gritó ya un poco fastidiado a Hades y a Jade, ya que ahora estaban jugando luchitas.

—Sí, ya vamos —dijeron al unísono.

5 minutos después, paramos de caminar y vaya que el castillo era grande, paramos en frente de 2 puertas gigantescas de color rojo.

—Esperen aquí —dijo el mayordomo, entrando por la puerta.

Después de unos minutos, salió el mayordomo y nos dio una señal de que pasáramos. La oficina era hermosa. Me encantaron esos colores: dorado y rojo. Todos los muebles eran rojos mientras que el color de las paredes era dorado. Las cortinas eran de un tono de rojo más bajo y el escritorio también era de esa tonalidad, un poco más claro que las cortinas.

—Vaya, vaya... Tenemos a una nueva integrante en el clan, eh... —dijo Jenkins.

—Ya, ve al punto para qué nos citaste aquí —dijo Jasón fríamente.

—Solo quiero conocer a la nueva integrante —dijo mirándome.

—¿Cómo te llamas? —me preguntó.

—Me llamo Victoria Armendáriz, señor —dije educadamente.

—Por favor, dime Jenkins —dijo amablemente.

—Sí, Jenkins —dije con una sonrisa.

—Vaya Walker, creo que no pierdes para nada el tiempo —dijo mirándonos, ya que aún permanecíamos agarrados de la mano.

—Déjanos en paz, ¿quieres? —dijo Walker enojado.

—Oye, Jenkins —dijo Jade.

—¿Qué pasa Jade? —dijo Jenkins.

—Ya me quiero ir, cuéntanos, ¿qué pasa?, ¿qué necesitas?, ¿hay nueva misión? —dijo decidida.

—No Jade, ya... Déjenme explicarles por qué están aquí.

—Vaya, hasta que decidiste ir al punto —dijo Walker.

—Victoria tiene que quedarse aquí en el castillo —dijo mirándome.

—¿Qué?, ¿para qué? —dijo Walker furioso.

—Walker, déjame terminar de hablar... Ya que todos saben que un vampiro empieza a desarrollar uno que otro poder, aquí podrá entrenar y desarrollarlos bien.

—Jamás dejaré a Victoria sola —dijo Walker apretando mi mano.

—¡Walker!, ¡¿por qué siempre me interrumpes?!, ¡deja que termine!, ¿quieres? —gritó enojado.

Walker solo lo miraba molesto.

—No se quedará sola, ya que ustedes entrenarán con ella aquí en el castillo, ya que en la mansión no hay suficiente espacio —dijo.

—Pero, espera —ahora lo interrumpió Hades—. ¿Vas a hacer lo mismo que hiciste con nosotros? —dijo Hades mirando a todo el clan.

—¿De qué hablan? ¿Qué me hará? —pregunté un poco nerviosa.

—Al final de tu entrenamiento pelearás con él —dijo Jasón.

—Y él decidirá si te mata o te deja viva —terminó diciendo Hades.

—¡Cállate idiota! ¡Ella aún no tenía por qué enterarse de eso! —le gritó Jade a Hades y le pegó en la cabeza.

—Déjalo Jade, de todas formas, tenía que saberlo —le dije a Jade.

—Espero y entiendas, Victoria, yo no tomo a novatos en este clan —me dijo fríamente.

—Sí, lo entiendo —le contesté de igual manera.

—Ahora vayan a entrenar, tienes 3 meses —me dijo Jenkins.

—Claro, lo derrotaré, no se preocupe —le dije fríamente.

—Nos vemos dentro de 3 meses, querida —me contestó con una sonrisa sádica

Lo fulminé con la mirada y nos fuimos.

CAPÍTULO

8

Entrenando, descubriendo mis poderes y pelea con Jenkins

—¡Una vez más! —le grité a Jasón, ya que me había aventado a más de 3 metros.

—Hey, tranquila, aún tienes tiempo —me dijo—. Recuerda que te faltan 2 meses.

—¡Cállate que el tiempo corre! —le grité—. ¡Empecemos!

Corrí hacia él. Le iba a pegar en la cara, pero lo esquivó; entonces, me vinieron unas imágenes: era Jasón y yo peleando. De esa forma, miré en donde me pegaría. En seguida, volví a la realidad y decidí seguir la visión. Entonces, así fue, me pegaría con su pierna en el estómago yo solo salté hacia atrás, esquivando su golpe y volví a ver hacia dónde se movería. Terminé por pegarle en la nariz y en seguida, esta le sangraba.

—Por dios, Jasón, perdón —le dije.

—No te preocupes —me dijo Jasón mientras Walker le daba un pañuelo para que se limpiara.

—Oye, como supiste donde te pegaría —me dijo sorprendido.

—No sé, solo tuve una visión y vi en donde me pegarías —le dije sonriendo.

—A ver, ahora qué te haré, ahora solo tienes 30 segundos para visualizar si no quieres salir lastimada —me dijo.

Yo solo traté de visualizar la pelea. Me concentré en él, viéndolo a los ojos. Escuché una voz diciendo: "Te golpearé", era la voz de Jade. En mi visión, miré a Jade detrás de mí, a punto de apuñalarme en la espalda. Asimismo, observé a Jasón en frente de mí, sosteniéndome. Entonces, fui rápidamente donde él y lo detuve. Lo empujé mientras le daba una patada a Jade, que estaba detrás de mí con un cuchillo en la mano.

—¡Bravo! —gritó Hades y comenzó a aplaudir.

—Vaya, has mejorado —me dijo Walker.

Jasón y Jade estaban atónitos.

—¿Cómo supiste? —dijeron al unísono.

—Bueno, quiero hacer algo primero —le dije a Hades—. Tú, ven aquí.

—Sí, ¿qué pasa? —dijo divertido.

—Quiero que pienses un número, el que quieras... Ustedes también —dije apuntando a los demás.

—Está bien—contestaron todos.

Los miré y escuché varias voces. Las escuchaba, pero no entendía lo que decían. Sin embargo, poco a poco, se fueron aclarando.

—Hades, tu número es el 518 y Jade, el tuyo es el 200 —dije sonriendo.

—Sí, es el 200 —dijo con una sonrisa.

—Le atinaste, enana —me dijo Hades.

—Jasón, el tuyo es el 100 —le dije—. Mmm, Walker, estoy batallando un poco, pero creo que es el 200... ¡No!, espera, es el 348.

—Exacto —me dijo con una sonrisa.

—¿Por qué cambiaste el número a última hora? —le pregunté.

—Es que ya sabía que leías mentes y para asegurarme, decidí cambiarlo cuando me viste —dijo sonriente.

—Ja, ja, ja, esa fue buena —le dije riéndome.

—Bien, creo que ya lo sabemos, ¿no? Sabes qué pasará en el futuro y sabes leer mentes, pero estoy confundido —dijo Jasón mirando a Walker.

—¿Por qué? —le pregunté curiosa.

—Es que a él no le pudieron leer la mente cuando estaba luchando con su padre... —dijo no terminó, ya que lo interrumpió Walker.

—Hey, también es el tuyo idiota —le gritó Walker a Jasón.

—Sí, lo sé —le dijo, sin prestarle atención.

—Su padre no pudo leer la mente de Walker, pero tú si puedes o espera... Walker, ¿tú hiciste trampa? —dijo mirando a Walker.

—No, yo también me sorprendí porque nadie puede leer mi mente, solo ella —dijo Walker mirándome.

—Bueno, creo que esos son los únicos poderes que tengo —les dije.

—También tienes fuerza —dijo Jade sobando su estómago.

—Ups, lo siento Jade, era eso o que me mataras con el cuchillo —le dije.

En eso, me llegó otra visión. Era Jasón, pegándome en la espalda y Hades saltando sobre mí, dándome una patada en la cabeza. Walker, por su parte, yacía sosteniéndome y Jade, enterrándome el cuchillo en ese momento. Entonces, reaccioné a tiempo y volteé a ver a Jasón. Lo empujé lo más fuerte que pude. Miré hacia arriba, tomé el pie de Hades y lo aventé. Luego, giré y miré a Walker, lo tomé por los brazos, también lo aventé y por último, me giré a mirar a Jade. Le di una patada al cuchillo y le pegué en la cara.

—Lo planearon desde un principio, ¿verdad? —dije mirando a todos.

—Claro que no, solo vimos a Jade y nos dio a entender que te atacaríamos —dijo Hades desde el piso.

—Creo que ya estás un poco más preparada —me dijo Jasón terminando de levantarse.

—Gracias, chicos —les dije y todos asintieron.

2 meses después...

Durante estos últimos meses, he cambiado. Me he vuelto mucho más fría, aún sonrío, pero he cambiado. Me he vuelto más rebelde, sádica y terca. Creo que me volví como Jade, pero no me importa. Un día, hablé con ellos y les pregunté si me veían más cambiada. A lo que todos, excepto Jade, dijeron al unísono: "Te pareces a Jade". Yo solo sonreí y ella también. Todos ellos me querían, haya o no cambiado. En verdad, sigo siendo la misma, solo he cambiado un poco mi personalidad. Durante este tiempo, me aprendí los poderes que tienen todos. Jade tiene el poder de volar y también tiene el poder de la velocidad, es un poco más veloz que yo. Jasón sabe los olores de cada raza, por ejemplo: los centauros, los demonios y los vampiros. Sin embargo, él nunca me quiso decir, ni explicar el olor de cada uno de los mencionados y claro, hay más de ellos. Hades tiene el poder de volar como su hermana y tiene fuerza, más que yo. Walker, por su lado, tiene el poder de la telequinesis y hacer fuego con sus manos.

Todos me habían dicho que Jenkins no sabía los poderes de ellos cuando empezaron a pelear, así que estaba decidida y un poco más calmada. Aun así, tenía miedo de morir en el intento. Estaba a punto de salir de mi habitación cuando, de pronto, sentí un mareo e inmediatamente, sentía que me caía. No obstante, como Walker estaba ahí, se dio cuenta al instante y me agarró.

—¿Hace cuánto no bebes sangre? —me preguntó enojado.

—Desde hace dos semanas —le dije fría, mientras cruzaba mis brazos.

—Sabes que si no bebes sangre puedes morir, ¿verdad? —me dijo serio.

—Sí, lo sé, pero no he tenido tiempo —le dije despreocupada.

—¡Tú sí eres terca! —me gritó.

—¡Déjame quieres! Además, ¡ya me tengo que ir con Jenkins —le dije gritando mientras pasaba al lado de él.

Entonces, volví a marearme y Walker me agarró.

—Hazlo ahora —dijo tomándome de los hombros y sentándome en la cama.

—No, ¿no entiendes que solo tengo 10 minutos para ir con Jenkins? —le dije enojada.

—Tú no te mueves de aquí hasta que bebas —me dijo enojado.

—Está bien —dije fríamente.

Él solo se quedó ahí, mirándome.

—Hey, no tengo tiempo —le dije nerviosa, ya que solo se quedó mirándome.

—Sí, ya voy —me dijo sonriendo.

Se empezó a acercar a mí y empecé a ver todo borroso. Entonces, me empezó a dar sueño.

—Walker, tengo sueño —le dije ya media dormida.

—Hey, no te duermas —me dijo.

Apenas lo miraba.

—Victoria, no te duermas —me decía y me agitaba, ya que aún no quitaba sus manos de mis hombros—. ¡Vamos!, muérdeme —dijo y acercó su cuello a mi boca—. Victoria, hazlo ahora, no te duermas... ¡Si te quedas dormida morirás! —me gritó desesperado.

Me alarmé. Entonces, lo empecé a morder. Bebía su sangre y lo volvía a morder de nuevo. Así duré durante unos 3 minutos, bebiendo de la sangre de Walker, quien no me decía nada. No me dijo que me detuviera y yo aún seguía mordiéndolo. Aún no saciaba mi sed, dure más de 5 minutos así y de pronto, sentí como el cuerpo de Walker se balanceó sobre mí. Entonces, empecé a recuperar mi vista y lo miré. Estaba desmayado, creo que me pasé. En eso, lo moví y no reaccionaba. Miré su cuello y estaba morado, no había medido mi fuerza. Me empecé a preocupar, pues solo me quedaba una cosa.

—¡Jasooon! —le grité.

—Que pa... —dijo, pero no terminó la palabra cuando vio qué estaba pasando.

—Creo que me pasé y se desmayó... Ayúdame a recostarlo —le dije nerviosa.

—Pero si tú tienes fuerza —me dijo despreocupado, apoyándose en el marco de la puerta.

—¡Lo sé idiota! ¡Pero no me puedo mover! —le grité.

—Está bien, ya voy, ya voy —dijo mientras se acercaba y movía a Walker—. Oye, creo que te pasaste —dijo mirando el cuello de Walker, ya que tenía más de 10 mordidas y estaba morado.

—Sí, lo sé, es mi culpa, perdóname Walker—dije a punto de llorar.

—¿Cuánto tenías que no bebías sangre? —dijo mirando a Walker.

—Dos semanas—le dije llorando.

Él solo me abrazó y me dijo que estaría bien, que me fuera, ya que solo tenía 3 minutos para llegar con Jenkins. Entonces, me transporté y ya estaba en frente de su oficina. Me sequé las lágrimas que aún me quedaban y entré sin permiso.

—¡Jenkins estoy lista! —le dije preparada para lo que viniera.

Él solo levantó la mirada y volvió a escribir.

—¡Hey! —lo llamé.

Él seguía escribiendo.

—Te estoy diciendo que estoy lista —le dije fríamente.

De pronto, tuve la visión de él, que se transportaba atrás de mí y me pegaba por detrás. Después, me levantaba y me arrojaba a su escritorio, que rompí con el peso de mi cuerpo. Y en su último movimiento, me arrancaba la cabeza. Solo tardé 3 segundos en ver la visión y ocurrió lo que vi. Él estaba detrás de mí; entonces, me moví hacia atrás. Sin embargo, calculé mal los pasos y caí antes de que él me aventara. Me paré y fui yo quien lo aventó al escritorio, que se terminó por romper. En seguida, fui directo a él pero desapareció. De pronto, apareció por atrás y me empujó. Yo caí de momento. Luego, reaccioné y me dije a mí misma: "¿por qué no vi esto en la visión?", no obstante, ya no tomaba en cuenta las visiones a esas alturas. Ahora tenía que actuar, de lo contrario, me mataría. Como pude me levanté y cuando menos lo esperaba, estaba detrás de mí. Me volteó y me tomó por el cuello. Me aventó a la pared y mi espalda comenzó a dolerme, fuertemente. En ese momento, no sabía qué hacer y lo único que me quedaba era leer su mente. Yo traté de cerrar mi mente y después leí la mente de él.

"Prepárate para morir", decía en su mente. Me levanté rápido y lo empecé a golpear en la cabeza mientras me transportaba a todos lados, ya que yo sabía en dónde me golpearía. Entonces, aparecía y desaparecía. Lo golpeaba y desaparecía.

—¡Altooo! —me gritó Jenkins—. Vaya que eres rápida, pero te falta una cosa: concentrarte —me dijo serio.

Él tenía razón, aún estaba preocupada por Walker.

—Ok, eso lo tomaré como un consejo —pensé.

—Bienvenida al clan, Victoria —dijo dándome la mano y yo la estreché.

—Gracias, jefe —le dije fríamente.

—Ahora vengan ustedes también, sé que están en la puerta escuchando —dijo Jenkins.

—Jefe, fue culpa de ellos—dijo nerviosa Jade.

—Cállate, que tú nos trajiste a rastras —contestaron Jasón, Walker y Hades.

—Oh, por dios, ¡bienvenida Victoria! —dijo Hades y Jade al unísono mientras me abrazaban.

—Gracias, chicos —les dije a los 2.

—Vaya, cuñada y mejor amiga, felicidades —me dijo Jasón.

—Gracias, Jasón —le respondí.

—Felicidades, preciosa —me dijo Walker abrazándome.

—Walker, perdón por lo que paso —le dije llorando y mirando su cuello, el cual aún lo tenía un poco morado.

Él no me dijo nada, solo me beso.

—Váyanse a una habitación —dijeron Jasón y Jade al unísono.

—Ustedes cállense y acéptense que se gustan—les grité.

Ellos solo se miraron y se separaron.

—Ya dejen de pelear, vamos a la sala—dijo Jenkins.

Todos aparecimos en la sala. Jenkins se sentó en frente de nosotros. Walker se sentó conmigo. Jade y Jasón se sentaron también juntos y Hades solo en un sillón.

—¿Ahora qué pasa? —dijo Jasón mirando a Jenkins.

—Te diré las reglas de este clan —me dijo y yo asentí—. Bien, cuando yo te diga que tienes una misión y necesito que vayas, tienes que ir, irán todos en grupo —dijo mirándonos y todos asentimos—. Tienes que hacerle caso a Jasón en todo lo que te diga, ya que él es el líder del clan... También, si en alguna misión tienes que matar a alguien, ten las agallas y mátalo; si estás en contra de esto, dime de una vez y te puedes retirar, pero solo te retirarás en alma, ya que yo me encargaré de matarte primero —me dijo con una sonrisa sádica.

—Ya dije que acepto, ¿no entiende esa palabra? No me gané este dolor de espalda por haber peleado con usted, no quiero morir y ya le dije, no me importa matar a la gente —le dije fría, pues estaba dispuesta a todo.

—También... Si alguien te ve matando a una persona o te ve los colmillos, tienes 2 opciones: matarla o convertirla y que se una a este clan —me dijo.

—Está bien, acepto —le dije seria.

—Perfecto, chicos, ya se pueden ir... El próximo viernes tendré algunas misiones para ustedes —dijo serio.

Todos asentimos y nos transportamos a la mansión.

CAPÍTULO

9

Conociendo a Marie

Habían pasado 4 días desde que me uní al clan, desde que los chicos y yo volvimos a la escuela. Yo iba caminando por los pasillos, tratando de llegar a mi siguiente clase después de estar en receso con ellos, cuando, de repente, alguien llega corriendo y me tumba al suelo.

—Hey, ¡fíjate! Además, no se puede correr por los pasillos —le dije enojada.

—Disculpa, ven, te ayudo —dijo y me ayudó a levantarme.

Justo cuando ya estaba mejor de mi espalda. Creo que con esto me volverá a doler.

—Es que esas personas vienen persiguiéndome —dijo alterada la chica.

—Oh, ahí estas —dijo un chico que yo ya conocía.

—Alec, ¿qué quieres?, deja a la chica en paz —dije reclamándole.

—Por favor, Victoria, no te metas en lo que no te incumbe —me dijo.

—¿Qué quieres de ella? —le pregunté.

—Eso que tiene en la mano —dijo apuntando un sobre blanco que tenía la chica en sus manos.

—A ver amiga, ¿qué es eso?, ¿qué tanto pide este animal? —dije fulminándolo.

Él me miró fríamente, cosa que no me afectó.

—Esto... —dijo y me lo dio.

Era una carta que decía: *"Para: Hades"*.

—Puedes explicarme, por favor —le dije un poco más relajada, mirándola a los ojos.

—Esa carta se la iba a dar a Hades, pero este animal... —dijo apuntando a Alec, enojada— Como tú le dijiste, quería leerla en frente de todos.

Yo miraba la carta entre mis manos y no me lo podía creer. Esa chica está enamorada de, nada más y nada menos, que Hades. Le leí la mente y decía la verdad, pero también me di cuenta de que a esta chica la tengo en mi quinta hora de clase. No obstante, como yo soy distraída, no sabía su nombre. Yo nunca les ponía atención a mis compañeros de clase, solo a mis materias. De repente, llegaba alguna chica o un chico y me hablaban para pedirme los apuntes y yo solo los miraba en forma de quién eres tú, para luego empezarles a hablar; pero bueno, así soy no tengo la culpa.

—Así que esta carta es para Hades —dije mirando la carta que tenía aún en mis manos y después miré a Alec enojada, fría—. Si te vuelves a meter con ella, no vivirás para ver a tus hijos crecer.

En eso llegan todos sus amigos. Ella también conocía a todos. Eran Michael, el hermano mayor de Alec; después, seguían Roxana, Sally, Melissa, y Ernest. Ellos alcanzaron a escuchar mi conversación con Alec, pero solo vieron mi cara y luego de eso, se fueron. Sin embargo, lo más raro fue que había un olor extraño proviniendo de ellos. Le pediría ayuda a Jasón, ya que él sabe sobre esto.

—Muchas gracias, Victoria —me dijo la chica.

—De nada, oye, ¿cómo te llamas? —le pregunté.

—Soy Marie, tengo clase en la quinta hora contigo —me dijo sorprendida por no saber su nombre.

—Sí, lo sé, pero nunca pongo atención a mis compañeros de clase, toma —le dije seria y le di la carta, volteándome para irme.

Ella se sonrojó.

—Oye, Victoria... —me habló.

—Sí, ¿qué pasa? —le contesté yo, quien aún estaba de espaldas.

—Yo sé que le hablas a Hades —me dijo—. Por favor, no le digas nada.

En su voz noté preocupación. Yo solo reí por dentro.

—No te preocupes, no le diré nada —le dije aún sin mirarla.

—Ah, otra cosa —dije y me volteé a verla—. No te metas con ellos de nuevo, ¿está bien? Y si te hacen algo, dímelo —le dije sonriéndole, pero eso fue un grave error.

Marie se me quedó viendo los colmillos. Olvidé por completo que aún los tenía y estos se quitaban después de 5 minutos, dependiendo de qué tanta sangre haya bebido. Seguido de eso, ella salió corriendo. "Diablos", dije aún molesta. Lo único que podía hacer era seguirla. La seguí y la observé, hasta que entró al baño. Ella me vio, entró, cerró y atrancó la puerta. Por mi parte, me fijé en que no hubiese alumnos por el pasillo y me transporté adentro del baño. Me aseguré de que no hubiera nadie en el baño, antes de hablar.

—Marie ya sabes que soy vampiresa y puedo hacer muchas cosas —le dije indiferente y le di una orden—. Sal de ahí ahora mismo.

Marie salió del último baño asustada.

—Por favor, no me hagas daño —me dijo en forma de súplica.

—¿Quién dijo que te haría algo? —le dije tranquila, cruzándome de brazos.

—Es que eres un vampiro y... —dijo, pero la interrumpí.

—A ver, a ver, en primera, no es vampiro... Es vampiresa; en segunda, acabo de beber sangre así que no te haré nada —le dije con una sonrisa sádica y poniendo mi mano en mi estómago en señal de que estaba satisfecha.

—Lo siento —dijo nerviosa y creo que aún más por lo que le acabo de decir.

—No te disculpes, ahora dime, ¿cuántos años tienes? —le pregunté.

—17 años —me dijo.

—Vaya, pero si eres una niña —le dije burlona.

—Oye, déjame —me dijo enojada.

—Bien Marie, a partir de ahora, tú eres mi amiga —le dije con una sonrisa.

—¿En serio? —dijo con un brillo en sus ojos.

—Claro que sí, a partir de este momento, eres mi amiga; y ahora que lo somos, espero y no digas nada sobre lo que soy, ¿entiendes?

—le dije fría y con tono de advertencia—. Y otra cosa, si lo llegas a decir, puedo matarte.

—Sí, no diré nada —me dijo nerviosa.

Yo solo la miré a los ojos y vi que no mentía. Ella me decía la verdad.

—Bien Marie, me tengo que ir, nos vemos luego —le dije dándome la vuelta, despidiéndome con la mano.

—Sí Victoria, nos vemos luego —me dijo ya tranquila.

Ahora la pregunta es... ¿Ahora que Marie lo sabe tengo que convertirla? Tengo que hablar con Jasón, él tiene la última palabra.

—¡¡¡Por Dios!!!, ¡Jasón me matará! —grité ya que estaba fuera del edificio.

CAPÍTULO
10

Decidido

Pasaron 3 horas ya desde el receso. Me fui a buscar a Jasón, ya que siempre a la última hora, todos nos juntamos en una banca para platicar 2 o 3 minutos, antes de ir a la última clase. Por mi parte, quería hablar con Jasón sobre lo que pasó con Marie. Entonces, fui a buscarlos y ahí estaban, en la banca de siempre.

—Hola, chicos —saludé.

—Hola —contestaron todos.

—¿En dónde estabas? —me preguntó Walker, ya que siempre llegaba antes de que ellos llegaran.

—Caminando por ahí, quería despejarme un poco de las clases —dije, tocándome la cabeza nerviosa, ya que estaba mintiendo porque no quería ir con ellos, por los nervios de cómo reaccionarían.

—No te creo —me dijo seguro.

—Oye Jasón —le hablé no prestándole atención a Walker.

—Sí, ¿qué pasa? —me dijo con una sonrisa.

—Cuando lleguemos a la mansión te tengo que decir algo —le dije nerviosa, ya que prefiero decirle en casa que aquí en la escuela.

—Sí, está bien —me dijo.

En eso sonó la campana para irnos a nuestros salones. Me despedí de todos, menos de Walker, ya que él y yo tenemos la misma clase.

—Me puedes decir qué es lo que te pasa —me dijo sentándose en su banco.

—Ahora no Walker —le dije nerviosa, sacando el libro de la materia que nos tocaba.

—¡Victoria Armendáriz! —me gritó y toda la clase volteó a vernos.

—¡Cállate Walker! Y ustedes, ¡¿qué ven?! —les grité a todos mis compañeros de clase, quienes en ese instante volvieron a lo suyo.

Walker aún esperaba mi respuesta.

—Está bien, pero no vuelvas a hacer eso —le dije enojada.

—Ok —dijo sonriendo triunfal, ya que siempre que grita mi nombre sabe que le digo las cosas y que también odio que hagan eso.

Le conté todo lo que pasó, detalle a detalle, en un tono en el que solo él podía escuchar. Él, por su parte, solo me miraba y asentía con la cabeza, pero cuando le dije sobre lo de Alec, su cara cambió a una de ira. Sin embargo, le cambió de vuelta a una tranquila cuando le dije que lo enfrenté y también le conté sobre los colmillos. Omití la parte sobre que a Marie le gusta Hades, a lo que él solo me dijo.

—Jasón te matará —dijo despreocupado.

—Gracias por apoyarme y echarme ánimos, mi amor —le dije sarcásticamente.

Sí que le gustaba hacerme enojar.

—De nada, te quiero —me contestó abrazándome.

Terminó la clase y nos fuimos, ya que era la última. Durante el camino hacia la mansión, todos hablaban y reían mientras yo miraba por la ventana. Ellos sabían que, si miraba por la ventana, no quería que alguien me hable por eso. No se atrevían a dirigirme la palabra mientras miraba por la ventana. A la vez, pensaba en cuál sería la reacción que tendría Jasón, pues me sentía nerviosa. Walker lo notó y sabía cómo me sentía. Él solo tomó mi mano en señal de apoyo. Yo solo le sonreí.

Ya en la mansión Jenkins

Me dirigí al cuarto de Jasón para hablar con él. Me estaba arrepintiendo de esto, pero le tenía que decir. Entonces, toqué la puerta. Espere un pase por parte de él y entré.

—Oh, hola Victoria —me dijo.

—Hola —le contesté más nerviosa de lo que estaba.

—Oye, ¿qué te pasa? —me dijo cuando notó mi nerviosismo.

—Ok Jasón, primero necesito que te sientes —le dije y él obedeció.

—Bien, hoy conocí a una chava —me interrumpió.

—Victoria, ¿no me digas que tú... —dijo sorprendido.

—En serio que a ti y a Walker les encanta fastidiarme —le dije tocándome las sienes, enojada—. ¡Jasón si lo fuera no andaría con tu hermano!

—Ya tranquila, eres la mejor, prosigue —me dijo sonriendo.

—Gracias, lo sé —le dije arrogante.

Entonces, le conté sobre cómo la conocí y de cuando me enfrenté a Alec.

—Jasón, esos chicos desprendían un olor que no reconocí —le dije sentándome en la cama.

—Espera aquí —dijo.

En un abrir y cerrar de ojos, él ya no se encontraba en la habitación. Entonces, esperé unos minutos y volvió a aparecer en la habitación. Traía en sus manos unas telas de colores, eran 3: una azul, una verde y la última, amarilla.

—¿Puedes recordar el olor? —me preguntó curioso.

—No lo sé, creo que sí, ¿por qué?—le dije.

—Estas telas tienen el olor de los diferentes tipos de razas que hay. La azul es de ángel, el verde es de licántropo y el amarillo es de demonio... Huele cada uno de ellos y dime cuál es —me dijo mientras me daba las telas.

Las olí y le regresé la azul y la verde, pero cuando olí la tela amarilla...

—Es este —le dije.

—Es un demonio, trata de no encontrarte mucho con ellos, primero necesitamos saber cuántos hay en su grupo —me dijo pensativo.

—Jasón, son 6 demonios, todos olían igual, pero creo que nadie se dio cuenta de que yo soy vampiresa —le dije segura.

—Está bien, ¿eso era todo lo que me querías decir? —me preguntó.

—No, aún falta, ahora vuelve a sentarte —le dije volviendo a ponerme nerviosa.

Él se sentó. Después de lo de Alec le conté sobre Marie y cuando le dije que vio mis colmillos.

—¡*Victoria Armendáriz*! —me gritó y estoy segura de que por toda la mansión se escuchó.

Con Jade en el jardín...

—Vaya, ¿qué fue eso? —se preguntó Jade.

Sin embargo, no le importó y siguió regando las flores.

Con Hades en la sala...

—Cállense, no me dejan escuchar la novela —dijo antes de volver a comer de sus palomitas.

Con Walker en su habitación...

—Ah —dijo antes de volverse a que dar dormido.

De vuelta a la habitación de Jasón...

—Sabes bien que después de beber sangre, los colmillos se te quitan 5 minutos después o depende de cuánta sangre bebiste —me dijo preocupado.

—Sí, lo sé, lo siento —le dije triste.

—¿Por qué no la mataste o la convertiste? —me dijo ya más tranquilo.

—Jasón, yo no puedo hacer eso, es mi amiga —me interrumpió.

—Y qué tal si "tu amiga" ... —dijo haciendo comillas con sus manos, desesperado— Ya les dijo a todos.

—Ella me dio su palabra de no decir nada —le dije enojada.

—¿Acaso le leíste la mente? —me preguntó.

—No necesité leerle la mente, con solo verle los ojos yo percibí la confianza de que me daba su palabra, ella no me mintió Jasón —le dije tranquila.

—Mañana la conviertes o la matas, tú decides —me dijo decidido.

—¡No lo haré! —le dije fríamente—. Yo no la mataré ni la convertiré, esta vida es muy difícil... Cómo la voy a convertir si la acabo de conocer, no puedo Jasón, ¿podemos hacer otra cosa? Pero esto no y sí, lo sé, estoy rompiendo una regla y es casi la principal, pero sabes qué, me importa un bledo esa regla, no lo haré —le dije triste y enojada.

—Victoria tienes que tener más cuidado con esto —me dijo preocupado.

—Sí, lo sé, Jasón tenemos que hablar con los demás —le dije seria.

—Hoy te digo qué hacemos con ella mientras vamos a decirles a los demás, llámalos y diles que los espero en la sala principal —me dijo.

Dicho esto, me fui a avisarles sobre la reunión que teníamos.

En la sala principal...

Ya todos estaban en la sala sentados, yo me quedé parada para poder explicar todo. El único que faltaba era Hades.

—Sabías que llegas tarde —le dijo Jade a Hades y él solo rodó los ojos.

—Bien, ya estamos todos... Por favor, Victoria, narra de nuevo lo que pasó —me pidió Jasón.

Volví a narrar todo otra vez, también omitiendo la parte de que a Marie que le gusta Hades; pero esta vez olvidé decir el nombre de Marie y los gemelos se me quedaron viendo.

—Y, ¿por qué no la mataste? —dijo Hades sin preocupación.

—¡Cállate que te puedes arrepentir! —le grité enojada, ya que Marie estaba enamorada de él y por eso, estallé—. Además, ella es mi amiga—terminé de hablar.

Él solo se me quedo viendo serio y miró hacia otro lado.

—Y, ¿cómo se llama? —preguntó curiosa Jade.

—Marie —le contesté cruzándome de brazos.

Entonces Hades volteó a verme sonrojado y en sus ojos vi un brillo extraño. Me pareció que era amor.

—¡Ja, ja, ja, ja, ja, ja! —estalló a carcajadas Jade—. Ay, hermanito y bien te dijo Victoria que te arrepentirías —le dijo y volvió a estallar a carcajadas.

—¿Por qué?, ¿qué ocurre? —le pregunté a Jade.

—Es que a mi hermano le gusta Marie —me dijo limpiándose una lagrimita con un dedo, ya que de tanto reír, empezó a llorar de risa.

Yo solo volteé a ver a Jasón en señal de que desechara la idea de matarla él solo asintió y sonrío en señal de no te preocupes yo solo le dije gracias con la mirada.

—¡¡¡Cállate Jade!!! —le gritó a su hermana avergonzado y me miro alarmado.

Yo me acerqué a él y él se levantó.

—Hades, no te preocupes, no le diré nada —le dije con una sonrisa.

—Gracias, Victoria —me dijo dándome un abrazo.

Me separé de él y me fui con Walker, que me esperaba con una sonrisa.

—Oye Jasón, ¿qué decidiste? —le pregunté y todos volteamos a verlo.

—He decidido que la vigilaremos, nos turnaremos para vigilarla, ¿algunos de ustedes tienen clases con ella? —nos preguntó a todos.

—Yo la tengo en 2 clases, a la primera hora y la segunda —dijo un apenado Hades.

—Yo también la tengo en 2 clases: en la tercera y cuarta —dijo Jade.

—Bueno, yo solo la tengo en la quinta hora y receso —dije yo.

—Yo solo la tengo en la séptima hora —dijo Walker.

—Yo la tengo en la octava hora —dijo Jasón.

—Bien, todos la vigilaremos entre clases y ella se juntará con nosotros en receso, ¿hay alguna objeción ante esto? Quien la tenga, levante la mano —dijo Jasón.

Hades estuvo a punto de levantarla, pero Walker, Jade y yo lo miramos fríamente y este nos miró asustado. No era porque le cayera mal Marie, sino porque lo ponía nervioso estar cerca de ella.

—Perfecto —fue lo único que dijo Jasón.

11

Vigilando a Marie

Al día siguiente, cuando llegamos a la escuela, me puse a buscar a Marie, pero no la encontraba. Tal vez porque era muy temprano, así que me di por vencida y me fui a buscar a los demás a la cafetería, ya que ellos me dijeron que estarían ahí almorzando. Los busqué y los encontré, pero tuve que ir corriendo, ya que tenían a Marie sentada en la misma mesa en donde estaban ellos y estaban mirando cada movimiento que ella hacía, excepto Hades. Él estaba en otra mesa apartado y Marie estaba más que nerviosa.

—Hey déjenla, no sean así —dije enojada.

Marie volteó a verme en señal de que la salvara.

—Vaya, hasta que llegas —dijo fastidiado Jasón.

—Cállate, que por su culpa no la encontraba —dije enojada—. Y ya dejen de mirarla como si fuera un bicho raro —les dije y todos apartaron la mirada.

—Hola, Marie —le dije.

—Hola —dijo nerviosa.

—¿Ya le dijiste el plan Jasón? —le pregunté a Jasón.

—No, ese es tu deber. Dile antes de que me arrepienta —dijo Jasón frío.

—Ok, Marie ayer le conté a todos ellos, incluso contando al que está en la otra mesa —dije apuntando a Hades y Marie volteó y volvió la mirada hacia al frente, sonrojada.

Miré a Hades y también estaba sonrojado.

—Bueno, Jasón, le digo o no sabes de lo que hablo —le dije.

Jasón solo asintió, ya que él sabía de lo que hablaba.

—Todos nosotros somos vampiros —le dije a Marie.

—E... ¿en serio? —me dijo nerviosa.

—Sí —le contesté—. Hemos decidido vigilarte durante las clases y en receso te sentarás con nosotros —le dije con una sonrisa.

—Está bien por mí, no hay problema, pero ya te había dicho que yo nunca iba a decir algo así —me dijo tranquila.

—Sí, lo sé, pero el líder del clan lo decidió así que no nos hagas arrepentirnos y matarte —le dije seria.

Ella solo asintió, muerta de miedo.

—Jasón, ya pueden dejar de verla así y discúlpense —les dije a todos.

—Sí, solo bromeábamos —dijeron los 3 al unísono.

—Yo soy Jasón, el líder del clan, el mejor amigo, hermano, y cuñado de Victoria —dijo Jasón con una sonrisa y dándole la mano a Marie.

—Hola, mucho gusto —dijo tomando la mano sonriendo.

—Yo soy Jade, soy amiga de todos ellos y... Hades, ¡ven aquí ahora! —le gritó a Hades—. Por si acaso, soy hermana gemela de este idiota —dijo abrazando a su hermano.

—Ya quítate Jade —dijo Hades avergonzado.

—Mucho gusto y hola Hades —dijo con una sonrisa Marie.

—Hola, Marie —le contestó Hades sonriendo.

—Bueno y por último yo, yo soy Walker, hermano de Jasón y novio, futuro esposo, amigo y amante de esa guapura que está ahí sentada —dijo esto último apuntándome.

—Walker... —le dije sonrojada.

—Hola, me dio mucho gusto conocerlos a todos —dijo Marie con una sonrisa.

—A nosotros también —dijeron todos con una sonrisa.

—Bueno, cambiando de tema... —dije sonriendo.

—Jasón, ¿Jenkins se puede enterar de esto? —le pregunté preocupada.

—¿Quién es Jenkins? —preguntó Marie.

—Es nuestro jefe —le contestó Hades con una sonrisa.

—Sí, él ya lo sabe, lo llamé ayer y le expliqué... Yo creí que me diría que la matáramos, pero le dije que era tu amiga y dijo que está bien solo porque eres tú le caíste bien, pero seguimos en lo mismo Victoria; si ella llega a decir algo, la mataremos —dijo lo último fríamente.

—Bien, así que Marie no digas nada aún, no te tomo mucho cariño así que puedo matarte —le dije sonriendo sádicamente.

—Ya te dije que no diré nada —me dijo un poco asustada.

—Bien, seguimos con el plan... Las primeras 2 horas te vigilará Hades en la tercera; en la cuarta, Jade y en la quinta, obviamente, yo... En el receso, te sentarás con nosotros y en la séptima, te vigilará Walker y en la última, Jasón —le dije a Marie.

—Está bien —dijo ella sonriendo.

En eso sonó la campana y todos nos fuimos a nuestras clases.

Pasaron las horas y llegó la hora del almuerzo; entonces, me fui junto con Marie a la cafetería mientras yo le preguntaba.

—Y, ¿cómo te fue con los chicos? —le pregunté curiosa.

—Muy bien, ya hablé más con Hades al principio lo notaba nervioso, pero después me empezó a ayudar en los trabajos que no entendía —me dijo sonriente.

—Que bien al menos ya le hablas más y, ¿cómo te fue con Jade? —le pregunté.

—Bueno ella solo se me quedaba viendo, pero le preguntaba algo y cambiaba su expresión fría por una alegre y terminaba de explicarme y volvía a ser fría —me dijo curiosa por la personalidad de Jade.

—Bueno, cuando a ella la mandan a hacer un trabajo, ella es fría, pero es buena... Dale tiempo después de que vean que no dirás nada te hablaran como si fueras su hermana —le dije con una sonrisa.

—¿A ti te pasó lo mismo con ella? —me preguntó.

—Si, pero fue por un corto tiempo, ya que Jasón me conocía, Jade me tomo más confianza desde el momento en que nos hablamos —le dije.

—Oh, qué bien —dijo sonriente.

—Mira ahí, están todos vamos —le dije.

Llegamos, saludé a todos y me senté a un lado de Walker. Me sentía rara, pues ayer bebí sangre. No sé si, tal vez, necesite otra vez. En eso, le pregunté a Jasón.

—Jasón, ¿es normal que te dé sed al día siguiente de que hayas bebido sangre?, ¿es normal que me dé sed de nuevo? —le pregunté en tono muy bajito, ya que no quería que Marie escuchara.

—Puede que sí, ¿por qué?, ¿lo necesitas? —me preguntó.

—No sé, creo que sí, espera —le dije y lo siguiente que hice fue rasguñar a Walker de la mano, ya que tenía mis uñas un poco largas y él soltó un quejido.

—Oye, no hagas eso—me dijo sobándose y tratando de limpiar una pequeña gota de sangre.

—¡Cállate! ¡Espera!, no hagas eso —le dije.

En eso, olí su sangre y me empecé a marear un poco. Volteé a ver a Jasón en señal de que sí lo necesitaba.

—Chicos, ahora regreso —les dije tomando aún la mano de Walker.

Lo arrastré conmigo cuando Jasón se quitó del lado, para poder salir con Walker.

—¿A dónde van? —preguntó Marie, preocupada por mi cara.

—Voy a tomar aire junto a Walker —dije—. Ahora vuelvo...

Miré a Jasón y él solo asintió.

—¿Qué pasa? —me preguntó, ya que salimos de la cafetería.

Miré a todos lados para ver que no hubiese nadie. No le contesté a Walker y atraje su cuello a mi boca. Lo mordí y él soltó un quejido de dolor. Bebí de su sangre durante 3 minutos, más o menos y con toda mi fuerza de voluntad me separé, ya que no quería que se volviera a desmayar por mi culpa.

—Al menos pudiste avisarme —me dijo avergonzado.

—Perdón, eso era lo que tenía. Necesitaba sangre, ya que me empecé a marear —le dije a Walker avergonzada.

—Ya tienes un poco más de 3 meses, ya puedes tomar sangre de animal —me dijo.

—Sí, pero no me ha dicho nada Jasón... Hablaré al rato con él —le dije.

—Está bien, no te estoy diciendo eso porque no quiero que bebas de mi sangre, no me importa que la bebas; solo que me tomaste por sorpresa —me dijo sonrojado.

—Pensaste mal, pervertido —le dije con una sonrisa.

Él solo se puso rojo, como un tierno tomate y me contestó.

—No, no, nunca —dijo nervioso.

—Ja, ja, ja ah que sí... Estás más rojo que antes —le dije burlándome.

Él solo se acercó a mí y me beso. Yo correspondí al instante. Él sabe que le digo cosas para fastidiarlo y cuando no sabe qué decirme, él solo me besa.

—Con que a tomar aire eh... —dijo Marie junto con los demás.

Me separé de él rápidamente, pues ya estaba igual de roja. Éramos un par de tomates.

—Cállate Marie —le dije enojada.

—Oye, ¿por qué tienes los colmillos rojos?, ¿acabas de beber sangre? —me preguntó curiosa Marie.

—¡No! —le gritamos Walker y yo agitando las manos.

—Sí, sí, ya me sé ese cuento —me dijo sonriente.

En eso sonó la campana y nos fuimos a las clases. Estas últimas 2 pasaron rápido y luego de eso, nos fuimos a la mansión.

—Bien chicos, ¿cómo les cayó Marie? —les pregunté a todos.

—Es genial —dijo Hades sonriendo.

—Pues es muy preguntona, pero me cae bien —dijo sonriente Jade.

—Es cool —dijo Walker.

—Opino lo mismo que todos ellos —dijo Jasón.

—Entonces, ¿hasta cuándo seguiremos con el plan? —pregunté.

—Creo que con lo que vimos hoy, aún no confío en ella —dijo Jasón decidido.

Volteé a mirarlo enojada.

—¿Qué dices?, ¿acaso con todo lo que hicimos hoy aún no te convence? —le dije enojada.

—No Victoria, durante el día he tomado una decisión y creo que te gustará a ti y yo me quedaré tranquilo —dijo sonriente.

Me quedé viendo su mirada y creo que comprendí lo que trataba de decir. Esto me hizo enojar más, pero tengo que comprender que es por nuestra seguridad.

—Marie se vendrá a vivir con nosotros —dijo Jasón con una sonrisa.

CAPÍTULO
12

¿Festejarnos a nosotros?

Al día siguiente, después de escuela, le dije a Marie lo que nos dijo Jasón, que ella se iría a la mansión con nosotros. Al principio puso resistencia de no querer irse y traté de convencerla de que estaría más tiempo con Hades. Entonces, se le iluminó la cara y con eso, nos fuimos a la mansión.

Llegamos y nos sentamos en la sala. Hades se fue a su habitación, ya que él dijo que moría de sueño. Subió las escaleras y la primera en romper el silencio fue Marie:

—Y, ¿qué pasará con mi familia? —preguntó preocupada.

—Uno de nosotros ira a borrarle la memoria a tus padres de que alguna vez te tuvieron... Lo sé, es doloroso, pero también Victoria tuvo que pasar por eso —dijo Jade.

—¿Es en serio lo que dicen Victoria? —dijo Marie con lágrimas en los ojos.

—Así es, pero tuve que comprender que es por el bien de mi madre —dije triste pues odiaba recordar eso.

—Está bien, tengo que aceptarlo, quiera o no, porque si me opongo será más difícil para mí —dijo Marie llorando.

—Yo no tuve oportunidad de despedirme de mi madre, pero si sufrí por eso... Yo nunca quise que me pasara algo así, pero fue por mi bien —dije triste.

—Oye, pero, ¿y tu padre? —me interrumpió Jade— Porque cuando fui solo estaba ella, no vi a tu padre.

—Oh, es que mi padre murió cuando yo tenía 7 años —dije mirando al piso.

—Oh, perdón por haberte hecho recordar eso —dijo Jade levantándose del sofá para tomar mis manos.

—No te preocupes, eso fue hace mucho —le dije sonriendo.

—Chicos, lamento interrumpirlos en esto, pero llego una carta —dijo Hades bajando de las escaleras.

—Y, ¿qué dice? —preguntó Walker acercándose a Hades.

—No lo van a creer, pero Jenkins hará una fiesta para festejarnos a todos nosotros —decía mientras se reía.

—¡¿*Qué?!* —gritamos todos.

—Es extraño que haga algo así con nosotros —dijo Jasón.

—¿Qué?, ¿cómo?, no hace nada por... —dije, pero alguien me interrumpió.

—¿Acaso no les puedo hacer una fiesta con baile de presentación? —dijo Jenkins entrando a la sala.

—Pero si tú nunca nos haces nada, es muy raro viniendo de ti; además, ¿cuándo es la fiesta? —dijo Walker.

—Lo siento, pero ya no la puedo cancelar... Ya les envié las invitaciones a todos los invitados y es mañana —dijo muy sonriente Jenkins.

—¿Y la misión que nos daría para mañana? —dije enojada.

—Lo pasaremos para la próxima semana —dijo sin quitar su sonrisa.

—Ahora tengo que irme, prepárense que mañana es el gran día —dijo y en un abrir y cerrar de ojos ya no estaba.

De pronto, hubo un silencio incómodo en la sala.

—Bien, ahora regreso, *¡Hades ven conmigo!* —dijo Jade caminando rumbo hacia la puerta.

—No tienes que gritar —le dijo Hades a Jade.

—¿A dónde van? —pregunté.

Jade me hizo una seña para que me acercara a ella y me susurró en el oído.

—Voy a ir a la casa de Marie a borrarle la memoria a sus padres —dijo con una sonrisa.

—Oh, ok, o sea que tú... —dije y me interrumpió.

—Así es, Victoria, lo siento —dijo abrazándome y yo solo respondí el abrazo.

—Bueno, ahora... —dijo Jade y no terminó, ya que vio a Hades platicando con Marie.

—¡*Hades!* Después tendrán tiempo para hablar —dijo Jade.

Entonces, los dos se sonrojaron y yo solo reí bajo. Ellos se fueron y sentí a alguien abrazándome por la cintura.

—¿Qué pasa Walker? —dije volteándome a verlo.

—Nada, solo quería abrazarte —dijo sonrojado.

Yo solo me acerqué a él y le di un beso, a lo que él correspondió al instante.

—Chicos, seguimos aquí—dijo Jasón burlón.

Me separé de Walker sonrojada. Él solo sonrió y me dio un beso en la frente.

—Ahora vuelvo, iré con Jasón a hacer unas cosas —dijo y se fue junto a Jasón.

Marie y yo nos quedamos solas. La volteé a ver y ella me volteó a ver a mí. Al parecer me leyó la mente porque dijimos al unísono:

—Tengo sueño, iré a dormir —nos reímos y las dos nos fuimos a nuestras habitaciones.

Mientras tanto, en el castillo de los Jenkins...

—Bien, ¿para qué nos llamaste? —dijo Jasón enojado, sentándose en la silla frente al escritorio de su padre.

—Sí, además tengo sueño —dijo Walker imitando a su hermano.

—El imperio comenzará —dijo Jenkins apoyando los codos en el escritorio mientras juntaba sus manos.

Jasón y Walker estaban sorprendidos.

CAPÍTULO

13

Baile

—Levántate floja —me gritó Jade en el oído y fue a abrir las cortinas de la ventana.

—Maldita sea Jade, déjame dormir—dije enojada.

—Vamos ya, todos estamos listos para ir de compras, solo faltas tú—dijo sonriente.

Me fijé en su atuendo y ella traía un vestido celeste, dos dedos arriba de la rodilla y su cabello suelto. Entonces, me levanté lo más rápido que pude, ya que había olvidado que hoy sería la fiesta que estaba organizando Jenkins pero...

—Jade, son las 8:30 de la mañana, nadie está despierto a esta hora —le dije cruzándome de brazos.

—Claro que sí —decía mientras venía entrando Jasón a mi habitación.

—Los únicos que estaban sin despertar eras tú y creo que Walker, aún sigue dormido —dijo Jade.

—Ok iré a ver si ya se levantó —dije caminando hacia la puerta de mi habitación.

La cerré y me teletransporté a su habitación. Ahí estaba aún dormido. Entonces, me acerqué para verlo mejor y me acosté a un lado de él. De esa manera, empecé a ver todas las facciones de su rostro, se veía totalmente tranquilo. Me acerqué un poco más y le di un beso en sus labios. Luego, me separé de él, abrió sus ojos y me dedicó esa hermosa sonrisa que me fascinaba.

—Buenos días, dormilón —le dije con una sonrisa.

—Buenos días —se acercó y me dio otro beso.

—Vamos, ya levántate —le dije mientras me levantaba de la cama, pero su mano me tomo del brazo tumbándome de nuevo a un lado de él y me abrazo.

—5 minutos más —me dijo mientras cerraba sus ojos.

—No, ya levántate, no me hagas ir por Jade —le dije desasiendo el abrazo y levantándome.

—Ni se te ocurra traer a esa loca, me di cuenta de la forma en que te despertó —dijo levantándose y yo solo sonreí.

—Bueno, arréglate que iremos de compras para buscar qué nos pondremos en el baile —le dije con una sonrisa y caminando hacia la puerta.

Salí de su habitación y me fui a la mía. Tomé unos jeans y una blusa de manga larga. Me metí a la ducha y 15 minutos después, salí vestida. Solo me faltaba arreglarme el cabello. Me hice una coleta alta con mi flequillo de lado y ya estaba lista. Salí de mi habitación y me encontré a Marie en el pasillo.

—Hola, Marie, buenos días —le dije con una sonrisa.

—Buenos días, Victoria —dijo un poco preocupada.

—¿Qué pasa? —le pregunté.

—Es que no sé, ¿me veo bien? —me pregunto mientras señalaba su atuendo.

Ella llevaba puesta una falda negra con una blusa rosa y tenía su cabello suelto.

—Claro, te ves muy bien así —le dije sonriente.

—Oh, gracias —dijo apenada.

—Ven, vamos a desayunar muero de hambre —dije tomando mi estómago.

Bajamos las escaleras y en la sala había 3 regalos rectangulares. Sentado en uno de los sillones estaba Jenkins.

—Jenkins —dije cruzándome de brazos.

—Hola, chicas, les traje algo —dijo sonriente.

En eso Marie empezó a bajar los últimos 3 escalones, pero yo la detuve poniendo mi mano en su hombro.

—Espera, eres muy confiada —le dije a Marie.

—*¡¡¡Chicos!!!* —grité y en un segundo ya estaban todos en la sala.

—¿Qué pa...? —pero Hades no terminó de decir, ya que vio a Jenkins.

—¿Qué haces aquí? —preguntó Jasón enojado.

—Solo vine a dejarles a las princesas sus vestidos —dijo con una sonrisa.

Yo no hice nada por moverme de mi lugar, yo solo lo miraba enojada.

—Vamos Victoria, ¿no confías en mí? —dijo Jenkins.

—Cállate —le dije bajando los últimos escalones.

—Ten, este es para ti —dijo entregándome el paquete.

Lo tomé y me iba a ir de ahí hasta que vi que Jenkins le daba un paquete a Marie.

—Yo también iré —dijo Marie con felicidad.

—*¡No! ¡Tú no irás!* —le grité a Marie.

—Tú por qué la invitas si sabes que habrá más vampiros y la mirarán como una presa —dijo Hades.

—Ella sigue siendo humana —le dije a punto de explotar.

—Pero yo quiero ir —dijo Marie.

—¿Sabes lo que estás diciendo? *¡Tonta, eres humana!* Todos estarán detrás de ti —dije enojada frunciendo el ceño—. Tú no irás y punto.

—Entonces me quedaré sola —dijo Marie.

—No, yo me quedaré —dijo Hades.

—Todos tienen que ir, quieran o no y... ¿Por qué aún no la convierten? —dijo Jenkins apuntando a Marie.

Todos pusimos los ojos en blanco.

—Yo no quiero que pase por esto, yo no quiero que sufra —dije a punto de llorar.

—*¡Tarde o temprano la tienen que convertir!* —grito Jenkins.

—Lo sabemos, pero yo misma me encargaré de que no suceda —dije luego para teletransportarme a mi habitación llorando.

Me tiré a la cama y pensaba que yo no quería que ella pase por lo que yo estoy pasando. Puede que muera. Ella es mi amiga. Sin embargo, también entiendo que la tenemos que transformar, pero me encargaré de que no sea tan pronto y con estos pensamientos, me quedé dormida.

Dos horas después siento que alguien está en la habitación y siento que se acerca y me empieza a mover.

—Oye Victoria, despierta —me dijo y abrí los ojos.

Era Hades.

—¿Qué pasa Hades? —le pregunté.

—Sé que no te gustará esto, pero todos decidimos que Marie irá —yo me sorprendí.

—Y tú, idiota, ¿aceptaste? ¿Qué es lo que te pasa? La amas y piensas dejarla ir a ese lugar donde solo la miraran como a una presa —dije fríamente.

—*¡Sí la amo!* —gritó y al parecer se escuchó en toda la mansión.

Yo me sorprendí, pues jamás creí que lo diría. Rápidamente le tapé la boca con mi mano.

—Idiota, estoy aquí, no tienes por qué gritar —le dije con un tic en el ojo.

—Lo siento —dijo agachando la cabeza.

—Y creo que lo escuchó —le dije con una sonrisa.

—¿Cómo sabes? —dijo sorprendido.

—En este mismo instante ella está detrás de la puerta escuchando nuestra conversación —le dije sonriente.

Hades estaba sonrojado.

—*¡Marie entra!* —le grité.

—Oye, pero cómo... Ah, vampiros —dijo suspirando y entrando por la puerta.

—¿Sabías que escuchar conversaciones ajenas es de mala educación? —le dije seria.

—Lo sé —dijo avergonzada.

—Marie, ¿escuchaste todo lo que hablamos? —dijo un sonrojado Hades.

—No, yo solo escuché que gritaste: *amoo* —dijo.

Hades me miró, yo leí la mente de Marie y asentí, dando a entender que decía la verdad.

—Por dios —suspiró aliviado tapándose la cara con las manos.

—Y bueno, ¿qué decidiste? —preguntó Marie y yo suspiré.

—Irás, pero no te separarás de nosotros y menos de Hades, ya que él será tu guardaespaldas —le dije mirando a Hades y él estaba rojo como un tomate.

—Gracias, Victoria, me iré a cambiar —dijo sonrojada y se fue dejándonos solos a mí y a Hades.

—¿Por qué lo hiciste?, ¿por qué le dijiste que yo... —dijo y lo interrumpí.

—Es mi venganza porque aceptaste llevarla a ese baile, además, es algo bueno pues tendrás más tiempo con ella —le dije sonriente.

—Está bien —dijo apenado.

—¿Qué hora es? —pregunté.

—Faltan cinco horas para la fiesta —dijo alegre.

—Bien ahora largo, que quiero dormir —le dije sonriendo.

—Está bien, más tarde te veo—dijo saliendo por la puerta.

Cuando salió me volví a acomodar en la cama, pero cuando estaba a punto de quedarme dormida, se escuchó que entraron y cerraron de portazo mi puerta. Yo no me moví, pues ya sabía que era Jasón y Walker.

—Hey tú, despierta, ahora tenemos que salir —dijo Jasón.

—No empiecen, quiero dormir —dije sin abrir mis ojos.

—*¡Victoria Armendáriz levántate ahora!* —gritaron los dos al unísono.

Yo solo abrí mis ojos y me senté en la cama.

—¿Qué diablos quieren? —dije enojada.

—Tenemos que decirte algo —dijo Walker.

—¿Qué pasa? —pregunté.

—El imperio ha comenzado —dijo serio Jasón.

—¿Qué imperio? Explíquenme que no los entiendo —dije desesperada.

—Walker, háblales a todos, tenemos que decirles sobre la próxima guerra.

CAPÍTULO

14

Baile, parte 2

Todos estábamos ya en la sala principal para escuchar sobre la próxima guerra junto con el imperio.

—¿Han escuchado hablar a los demonios sobre el imperio de los vampiros? —dijo Jasón.

—*No* —dijimos excepto Walker al unísono.

—Los demonios dicen que prefieren que gobierne Jenkins —dijo Jasón.

—A ver, ¿cómo?, no entiendo—interrumpió Jade.

—Como lo escuchan, los demonios desean servirle a Jenkins en vez de a Duncan: el rey de los demonios —dijo Walker.

—¿Por qué los demonios prefieren a Jenkins que a Duncan? —pregunté.

—Dicen algunos que Duncan es más sádico y maltrata a todos los demonios sin ninguna razón... También he escuchado que él mata a sus familiares, ya que estos no les servirían en nada; en cambio, Jenkins no es así —dijo Jasón.

—Pero ahí un problema, hay demonios que odian a Jenkins y vampiros también y ellos harán cualquier cosa para matarlo y ellos ganar en esta guerra —dijo Walker.

—Hoy iremos a ver a algunos demonios para hablar de esto con ellos, ellos querrán estar de nuestro lado —dijo Jasón.

—A ver mi amigo, ¿cómo sabrás que no te miente? —pregunté.

—En eso entras tú, mi querida cuñada, tú leerás la mente de ellos —dijo Jasón feliz.

—Bien —dije decidida.

—Solo irán tú y Jasón... Los demás nos quedaremos en la fiesta —dijo Walker.

—Bien, hemos terminado... Ahora, todos a arreglarse —dijo Jasón.

5 horas después...

Todos nos dirigíamos al castillo de Jenkins. Mi vestido era rojo, con piedritas plateadas en el bordado. El vestido de Marie era azul, con muchas piedritas plateadas alrededor de toda la prenda. El de Jade, era rosa con una flor en el lado derecho. Y los chicos tenían puestos los típicos esmoquin, con un pañuelo en el bolsillo del color de su pareja.

—Bien chicos, ya sabemos que hacer, Victoria nos iremos en 30 minutos —dijo Jasón.

Yo solo asentí y bajamos de la limosina.

—¡Qué bueno que llegan! Pasen, todos los están esperando —dijo Jenkins abriendo la puerta del castillo.

El salón era hermoso, había mucha gente. Calculaba más de 100 personas, todos seguimos caminando hasta que Jenkins habló.

—Los presentaré ante todos —dijo Jenkins.

—¿Es que nadie los conoce? —le pregunté en tono bajito a Walker y él sonrió.

—Sí, pero como hay nuevos miembros lo hará de nuevo —me contestó bajito.

—Es necesario todo esto —le volví a susurrar.

—Entiendo cómo te sientes —dijo burlón.

Jenkins subió a un pequeño escenario, frente a nosotros, llamando a todos la atención.

—Hola, gracias por haber venido hoy. Quise hacer esta gran fiesta para mis hijos y sus amigos. Aquí están ellos, chicos, por favor —dijo con una gran sonrisa.

Caminamos y subimos al escenario. Toda la gente nos miraba, pero no era a nosotros, sino a Marie. Todos la observaban. Volteé a verla y ella estaba nerviosa.

—¿Y esa chica que está ahí? —dijo un vampiro apuntando a Marie.

—No es como nosotros, ella es humana, nos la ha traído como banquete mi señor —dijo uno acercándose a Marie.

—Un paso más y juro que lo mato —dije poniéndome en frente de ella, enseñándole los colmillos a ese idiota.

—Ni te le acerques, sé lo que te digo... Ella puede acabar contigo en menos de 1 segundo y no, no es un banquete, señores, así que déjenla o sufrirán las consecuencias —dijo Jenkins.

En eso un extraño olor inundó mis fosas nasales. Entonces, me di cuenta de que no solo había vampiros en la fiesta, sino también había demonios. Volteé a mirar a Jasón y él solo asintió. Jenkins había invitado a algunos demonios también.

—Bien, ahora que empiece el baile —terminó de decir Jenkins.

Bajamos del escenario y Jasón me habló.

—Victoria ya tenemos que irnos —dijo él.

—Ya voy, ¡¡¡*ahora tú!!!* —grité apuntando a Hades, queriendo darle una orden—. Ni se te ocurra separarte de ella.

—¿Aún dudas de mí? Ya te dije que no me separaré de ella —dijo Hades calmado.

—No sé a qué hora regresemos, a lo mejor hasta ya volvemos cuando termine la fiesta —dijo Jasón.

—No importa, ¡¡¡ahora *tú!!!* —dije apuntando a Walker—. Te amo.

Él solo se sonrojó y fui a abrazarlo y le di un beso en la mejilla.

—Cuídate —me dijo.

—Lo haré, ahora diviértete —le contesté.

—Adiós Jade —le dije.

—Adiós Victoria —me dijo con una sonrisa.

—*Oye Marie*, ni se te ocurra separarte de Hades —le dije con una sonrisa pícara y ella se sonrojó.

—No, no lo haré —dijo apenada.

Llegué junto a Jasón y me dijo algo cuando salimos del castillo.

—Tenemos que ir a cambiarnos esto, ya que puede que lleguemos a pelear con algunos de ellos —dijo.

—Bien, entonces a la mansión—dije.

Nos teletransportamos a la mansión. Fuimos a nuestras habitaciones. Nos cambiamos y nos fuimos. Llegamos a un bosque, no sabía en qué parte. Así que le pregunte a Jasón.

—¿En dónde estamos? —pregunté.

—En el bosque, donde la mayoría de los demonios se encuentran —contestó.

—¿Quiénes son ustedes? —dijo alguien a nuestras espaldas.

Volteamos y era un hombre mayor, tenía una ropa estaba vieja y sucia, al igual que su rostro. Estaba en un muy mal estado de higiene

—Ella es Victoria y yo soy Jasón, hemos venido a buscar a Louis —dijo Jasón.

—Oh, disculpen, me llamo Fred, dejen llamar a Louis —dijo con una sonrisa y desapareció.

Minutos después apareció junto a un chico más o menos de nuestra edad. Y estaba igual que el hombre a su lado.

—Hola, yo soy Louis —dijo extendiendo la mano.

—Hola, yo soy Jasón y ella es Victoria —dijo estrechando la mano.

—Y bien, ¿a qué han venido? —preguntó Fred.

Jasón me miró y yo solo asentí. A partir de ese momento empecé a leer la mente de ellos. Vi cómo eran tratados por Duncan y vi también cómo Duncan mataba en frente de ellos a 2 personas: una mujer y una niña. Por parte de Fred vi a dos personas ancianas, más o menos de 40 años, siendo torturados por Duncan. Duncan a todos los tenía en un muy mal estado. Los maltrataba y no tenían cómo darse tan siquiera una ducha.

—Han venido por lo que te platique Fred, nos uniremos a ellos para acabar con Duncan —dijo Louis.

—Oh, qué bien, o sea que tú y tú —dijo apuntándonos con su dedo índice—, trabajan para Jenkins.

Nosotros asentimos. De pronto, muchas personas se acercan a nosotros. Me tomó por sorpresa una pequeña figura, tomando de mi blusa. Volteé a verla, era una niña de no más de 6 años. Leí su mente y vi el momento cuando su padre fue asesinado por Duncan. Esta niña ha sufrido mucho...

—Disculpa —dijo la niña.

Yo sonreí y me agaché para quedar a su altura. Era hermosa, tenía el cabello castaño, amarrado con 2 coletas y sus ojos eran grises. Llevaba un vestido azul, manchado por la tierra.

—Hola, princesa, ¿cómo te llamas? —le dije sin quitar la sonrisa.

—Cristal —dijo poniendo sus manitas entrelazadas enfrente de su cuerpo.

—Oh, qué hermoso nombre —le dije sonriendo—. ¿Qué pasa?

—¿Ustedes nos ayudarán a combatir a ese tipo malo? —dijo con lágrimas en los ojos.

Abrí mis ojos como plato, pues ella ha sufrido mucho, vio su padre morir. Le tocó vivir algo aterrador.

—Yo junto con los vampiros y demonios que están aquí los ayudaremos preciosa —le dije con una sonrisa.

La pequeña solo me abrazó y yo la abracé. La cargué y dejo salir aún más lágrimas.

Volteé a ver a Jasón y lo miré a los ojos. ¿El gran Jasón estaba llorando?

—Oye, no llores Jasón —le dije divertida.

—Es que ya me imagino a mi futura sobrina junto a ti —dijo secándose las lágrimas.

Yo me sonrojé y sonreí.

—Entonces, nos ayudarán —dijeron los otros demonios.

—Claro que sí —dijimos al unísono.

Miré a la pequeña Cristal, que se quedó dormida de tanto llorar.

—Mmm, disculpen, ¿quiénes están a cargo de Cristal? —pregunté ya que nos teníamos que ir.

—Soy yo señorita —dijo una mujer de unos 30 años.

—Su hija es hermosa —le dije entregándole a Cristal.

—Muchas gracias, jovencita —dijo con una sonrisa.

De pronto la niña se empezó a despertar. Me sonrió y yo le devolví la sonrisa, acariciando su mejilla.

—Bien Victoria, es hora de irnos —dijo Jasón.

—Adiós seño... —me interrumpió.

—Dime Maggie —dijo sonriendo.

—Adiós Maggie, adiós princesa —les dije sonriendo.

—Adiós Vicky —dijo Cristal y fue lo último que escuche antes de desaparecer.

—Entonces, dicen la verdad —dijo Jasón.

—Así es, les leí la mente y están de acuerdo —dije sonriendo.

—Vamos a la fiesta, llegamos antes de que acabe, pues faltan 3 horas —dijo y se fue a su habitación.

Fui a mi habitación a ponerme el vestido para irnos de nuevo al castillo. Bajé las escaleras y ya estaba Jasón en la sala. Nos teletransportamos, llegamos y todos estaban corriendo por todas las direcciones. Me acerqué a los chicos y estaban llenos de sangre en la ropa. Tenían cortes en la frente y brazos. Me miraron y sus ojos desprendían tristeza, estaba buscando a Marie, pero no la encontraba por ningún lado.

—¿Dónde está Marie? —pregunté y nadie contestó—. Hades, ¿dónde está Marie? —le grité, ya que estaba enojada.

—Victoria se la han llevado los demonios, hicimos todo lo que pudimos —dijo Jade.

—Lo siento Victoria —dijo Hades.

—Yo te la dejé a cargo —le contesté seria mirándolo a los ojos.

—Fue 1 minuto que la dejé sola, fui a traerle agua, ya que estaba cansada —dijo llorando.

—Jasón, la guerra empezará ahora —le dijo Jenkins apareciendo.

—Victoria —me habló Walker, pero yo no quería hablar con nadie así que no le contesté—. Victoria.

Entonces, tomó mi hombro y después me giro. Me abrazó, pero yo no le conteste el abrazo.

—La rescataremos te lo prometo —me dijo Walker.

—Yo prometo acabar con ese maldito —dije desasiendo el abrazo—. Ahora vámonos, tenemos que planear esta estúpida guerra —les dije mirando a todos.

«¿Cómo sabe que ella es mi amiga?, ¿quién se lo dijo?, tal vez haya sido ese maldito al que amenacé», pensé y cerré mis manos en puño mientras salíamos del castillo.

CAPÍTULO

15

Preparación y Guerra

5 horas después...

Estábamos todos reunidos en la mansión, sentados en la sala y fui la primera en romper el silencio.

—¿Dónde será la guerra? —pregunté.

—Exactamente en el lugar al que te llevé, cerca de ahí está el castillo de Duncan —dijo Jasón.

—¿Cómo sabremos que es la hora? —pregunté de nuevo.

—Por el momento, tengo gente vigilando el lugar... Uno de ellos vendrá a avisarnos —dijo Jenkins.

—¿Ya están los demonios preparados para esto? —preguntó Jade.

—Sí lo están —contestó Jasón.

—¿Podremos confiar en ellos? —preguntó Hades.

—Claro que sí —contesté.

—En caso de que haya traición, los mataremos al instante —dijo Walker.

—Rescataremos a Marie, ¿alguno de ustedes sabe dónde está? —pregunté.

—Estuve investigando y pregunté a uno de los demonios, me dijo que ella se encuentra exactamente en el sótano del castillo —contestó Jasón.

—Bien, ahora... —empezó a decir Jenkins, pero lo interrumpieron.

—Señor, ya es hora ya todos se están preparando —dijo el mayordomo de Jenkins.

—Vamos ahora —fui la primera en salir.

Los demás me siguieron y nos teletransportamos al lugar. El cielo se miraba gris, pareciera que estuviera a punto de llover. Había humo por todos lados, gente en el suelo ya muerta por defender a los suyos. Mientras más avanzábamos, más gente había. Me quedé un momento petrificada al ver a una niña muy conocida para mí. Era Cristal. Me acerqué a ella y mis dudas eran claras. La pequeña niña estaba muerta junto con su madre, que estaba a unos metros de ella. Me alejé, puse mi mano sobre mi boca para no gritar. Mis lágrimas se acumulaban en mis ojos.

—Victoria —escuché que me llamaban no hice caso, aún estaba en shock.

—Victoria muévete —me volvieron a decir yo no reaccionaba.

—¡Victoria! —me gritó Jasón y yo solo lo miré con lágrimas en mis ojos que ya comenzaban a caer, él solo me abrazo y sobó mi espalda—. Ya, tranquila, tenemos que encontrar a Marie.

—Adelántense —les dije más tranquila.

—Pero —interrumpí a Walker.

—¡Que se vayan! —les grité.

Ellos asintieron y se fueron. Yo me volví a acercar al cuerpo de la niña. Juro que vengaré la muerte de todas estas personas que dieron la vida en esta guerra, deseaba ver a Duncan muerto y a todos esos malditos demonios que hicieron esto.

—Victoria —escuché que me llamaban.

Era el chico de la otra vez era Fred.

Volteé a verlo y atrás de él estaba una persona a punto de matarlo. Reaccioné y miré a ver si encontraba algo que me ayudara a matar a aquel sujeto, hasta que vi un cuchillo cerca del cuerpo de Cristal.

—Agáchate —le dije seria mientras lo tomaba.

—Pero por... —no terminó, ya que lo aparte a tiempo y logre matar al demonio.

—G... Gracias —dijo asombrado.

—No hay de qué; ahora, ayúdame a encontrar a los otros —dije limpiando el cuchillo.

—Sí —contestó.

Seguimos avanzando hasta que los encontramos luchando contra unos demonios.

—Victoria, ve por Marie —dijo Jasón mientras apuñalaba a uno.

—Yo iré contigo —dijo Walker.

—Yo también —dijo Hades.

—Está bien, vámonos rápido —dije haciéndole señas.

Entramos al castillo, buscando a Duncan. No lo encontrábamos por ningún lado. Avanzamos hasta que escuchamos unos quejidos. Entramos por unas puertas y daban hacia el sótano.

—Tengan cuidado, ¿entendieron? —dijo Walker.

—Sí —dijimos al unísono.

Llegamos al final de las escaleras y abrimos la puerta. En frente de nosotros estaba Marie, atada con su boca tapada con cinta adhesiva a una silla sus ojos reflejaban miedo nos vio y trato de decir algo que no puse mucha atención avance y ella grito yo solo sentí que enterraron algo en mi pierna era un demonio me rasguño mi pierna no me importo lo tome y lo apuñale y lo aventé lejos.

—Marie, ¿estás bien? ¿No te hicieron algo? —dije quitándole la cinta de su boca y quitando las sogas que la ataban a la silla.

—Victoria —se abalanzó sobre mí y me abrazo.

—Marie, escucha, tienes que ser fuerte ahora que salgamos, ¿entendiste?, allá afuera hay una guerra, necesito que te concentres, ¿entendiste? —ella solo me miraba y asentía temblando.

—Ahora Hades, llévala a un lugar seguro, yo buscare a Duncan —dije avanzando.

—Victoria, espera —gritó Walker.

—¿Qué pasa?—pregunté.

—Sé dónde está Duncan —dijo Walker.

—Vamos, no perdamos tiempo —dije.

Me transportó a un lugar que no reconocía.

—¿Acaso conoces este castillo? —pregunté.

—Sí, he venido a investigar muchas veces.

—Vaya, vaya, miren quienes están aquí —dijo una voz que no reconocía.

—Duncan —dijo Walker.

—Saben, los estuve esperando ya desde hace años, vamos, qué esperan para atacarme —dijo con una sonrisa cínica.

En eso, entran por la puerta Jenkins, Jade, Jasón y Hades.

—¿Ya iban a empezar la fiesta sin nosotros? —dijo Jade.

—Hades, ¿dónde está Marie? —dije a punto de ahorcarlo.

—Ella está bien —contestó.

—¿Y los demonios?—pregunté.

—Con la ayuda de todos los vampiros y los demonios, hemos acabado con casi todos —dijo Jasón con una sonrisa.

Duncan se sorprendió. Yo creo que no sabía que los demonios también nos ayudaban.

—Solo falta él —dije con una sonrisa cínica.

—Así es Victoria, todo tuyo —dijo Jenkins.

—Perfecto —dije y estuve a punto de golpearlo, pero me detuvo Walker.

—Toma, esta es un arma especial para los demonios —dijo entregándome una espada.

—Bien —volteé a verlo—. ¿Tus últimas palabras viejo idiota? —dije sonriendo.

No dijo nada. Solo se arrodilló. Él mismo sabía que había perdido la guerra. No le quedo más que rendirse. Y fue mejor, más rápido para mí. Me puse a un lado de él y tomé la espada especial con mis dos manos. Le corté la cabeza, que salió rodando cuando su cuerpo cayó. Entonces, le enterré la espada directo en el corazón.

—Por fin —dijo Jenkins contento.

—Ja, ¿quién dijo que hemos terminado? —dije cínicamente.

—De qué habla —dijo preguntando a los chicos.

—Es tu turno —dije mientras le daba la espada a Jasón.

La espada ahora es de plata pura.

—¿Por qué hacen esto? —preguntó.

Si ustedes se preguntan por qué... Bien, fue un trato entre todos nosotros. Luego de que entré a este clan, prometimos que en cuanto acabáramos con Duncan, mataríamos a Jenkins y todos los demonios estuvieron de acuerdo, unas horas antes de la guerra. ¿Quién sería el nuevo Rey? Eso estamos por verlo.

—Es algo que siempre quisimos hacer por venganza a nuestras madres, tómenlo, que no escape —dijo Jasón a nosotros y lo hicimos.

—Sabemos que la venganza no es buena, pero a quién rayos le importa cuando no puedes estar en paz eh —dijo Walker.

—Sabría que llegaría este día en que mis propios hijos me mataran —dijo con una sonrisa.

—Ahora, ¿tus últimas palabras? —dije con una sonrisa.

—Espero y te recuperes pronto —dijo con una sonrisa.

«¿De qué rayos hablaba este viejo?», pensé.

En eso Jasón le enterró la espada en el corazón, haciendo que muera al instante.

—Hemos ganado la guerra, chicos —dijo Jasón.

Mientras caminábamos hacia el balcón mirando el sol saliendo, pues la guerra duro más de lo que pensamos.

CAPÍTULO
16

Veneno

Volvimos a la mansión. Marie ya estaba con nosotros y todos se fueron a descansar. Quería ir a cambiarme, pero de pronto, sentí un dolor insoportable en mi pierna izquierda. Era tan insoportable que perdí el equilibrio y empecé a caer. Walker lo notó y me alcanzó a tomar en brazos. También sentí que mi cuerpo ardía, me retorcí de dolor. Walker llamó a Jasón para que me ayudara. Jasón le dijo que me llevara a mi habitación y así lo hizo, me dejo en mi cama.

—¿Qué es lo que pasa? —le preguntó a Jasón.

—Deja que la chequeemos, ¡Hades!, ¡Jade!, ¡vengan rápido! —grito Jasón.

—Sí, aquí estamos, qué pa... —no terminó pues me miró y corrió a verme.

—Pero, qué le paso —dijo Jade.

—Ayúdenme a sujetarla, de esto hablaba Jenkins —dijo Jasón.

Yo aún no entendía qué me pasaba. Mi cuerpo ardía, no podía hablar. Quería saber qué me estaba pasando. En eso sentí a Jade y a Hades sujetándome de los brazos y las piernas.

—Jasón, ¿qué es lo que le pasa? —preguntó Hades.

—Creo que es por esto —dijo apuntando a mi pierna.

Mi pierna tenía tres marcas de uñas clavadas en mi piel y se notaba cómo mis venas estaban cambiando a un azul extraño.

—Esto se debe a que el demonio la atacó y alcanzó a poner algo en ella, ahora vuelvo —dijo desesperado y fue a su habitación.

En segundos, entra Marie y me mira. Se preocupó y se acercó a mí. Entonces, cuando vio el estado en el que estaba, quedó en shock. Yo me sentía mal, no quería que me viera así. Volteé a ver a Hades y con todas mis fuerzas, traté de hablar.

—Sácala de aquí, no quiero que me vea así —le dije apretando los dientes tratando de no gritar.

—Marie vámonos —dijo Hades.

—Pero, qué le pasa —dijo alterada.

—Vámonos ahora —Hades la tomaba por los brazos.

—No, yo me quedaré a cuidarla —se soltó de su agarre.

—¡Vete! —le grité a Marie con lágrimas en los ojos mientras apretaba los dientes.

Entonces, se fue junto con Hades.

—¡Jasón! —gritó Walker, tomando mis piernas pues aún seguía moviéndome.

Él nunca quitó su mirada de la mía. Sin embargo, yo la quitaba pues me sentía mal por la manera en la que me miraba.

—Aquí estoy —dijo apareciendo y traía una inyección.

—¿Qué es eso Jasón? —preguntó.

—Esto puede que la cure... Me tomé unos pequeños minutos en investigar y ella tiene un veneno que el demonio le dio, por medio del rasguño, este recorre su cuerpo y puede que muera, pero hice la inyección lo más rápido que pude —dijo mirándome.

—Pero Jasón... Solo podemos morir con una daga o lo que sea en el corazón —dijo Jade.

—Así es, pero ese demonio tenía algo en sus uñas; en cuanto se las clavó, el veneno se quedó ahí por un tiempo y ese veneno es aún más fuerte. Por eso es que Victoria esta así, se está retorciendo del dolor, pero aquí tengo la cura —dijo mirando a Jade.

—Y, ¿crees que funcione? —dijo Walker preocupado, mirando a su hermano.

—Espero que sí—dijo Jasón.

En eso sentí mi cuerpo extraño. Sentía que me quemaba aún más y solté un grito desgarrador. Todos me voltearon a ver...

—Jasón, rápido, pónsela —dijo Walker.

—Lo siento Victoria—me dijo con preocupación.

Me enterró la inyección demasiado fuerte en la pierna. No sabía si ahora me dolía por el veneno o por la inyección y en eso sentí mis párpados pesados. Mi cuerpo se normalizaba y poco a poco, dejaba de moverme...

—Auch... ¿Sabes Jasón? Eres pésimo poniendo inyecciones —le dije burlona, con media sonrisa escuché su risa y mis párpados se cerraron.

Caí en un profundo sueño.

Epílogo

3 años después...

—Cristal, ven aquí —gritó Ronald.

—Nunca me atraparás —le contestó mi hija.

En estos años, han pasado muchas cosas después de que tuve el veneno por mi cuerpo. Desperté al día siguiente. Todos estuvieron despiertos hasta que desperté. El veneno paró y la inyección que me dio Jasón sirvió de mucho. Aún me dolía la pierna, pero no era por los rasguños, sino por la manera en que Jasón me puso la inyección. Le dije que era un tonto y él solo respondió con un "estaba preocupado". Solo sonreí y le di las gracias por salvarme la vida.

A la semana siguiente Walker me pidió que me casara con él y ahora ya tenemos una hija. Le puse igual que a la pequeña que conocí en la última guerra. Yo creía que las vampiresas no podían quedar embarazadas, aún seguía pensando en las historias que cuenta la gente. Sin embargo, tampoco es así, ya que Jasón siempre me lo dijo: eso solo lo inventa la gente.

Por otro lado, Marie, por orden de todos excepto mía, estuvo convenciéndome de que la convierta hasta que acepté. Entonces, decidimos que la convertiríamos en vampiresa para su seguridad y el que la convirtió fue Hades. Ella aún está en progreso, ya que tiene poco de haberse convertido. Todos quisimos esperar a que fuera mayor de edad, ya que ella tenía 17 cuando la conocimos, pero ahora tiene 20 años y 1 semana de convertida. Hades se le declaró y ahora también ellos están juntos.

Entonces, me preguntarán: ¿quién es el nuevo rey de los vampiros? Es Jasón, ya que él es el mayor. También me preguntarán si Jasón y Jade están juntos... Claro que sí, ellos están juntos y tienen un hijo llamado Ronald. Y ya van por el segundo hijo... Se preguntarán por mi madre y por los padres de Marie... Bueno, ellos siguen sin recordarnos aún. Duele que les hayan borrado la memoria, pero es lo mejor, ya que, si llega a haber alguna otra guerra, ellos estarán a salvo y claro, Jade me lo ha preguntado. Una vez me dijo si aún quería que mi madre me recuerde. Siempre le digo que sí, pero no es el momento adecuado. Ella también puede regresarles la memoria cuando yo quiera, pero como lo digo: aún no es el momento.

Asimismo, ahora todos vivimos en el castillo de Jenkins, ahora de Jasón.

—¿Te arrepientes de algo? —me preguntó Jasón con Jade, sentándose junto a Walker.

—Para nada —dije con una sonrisa mientras miraba a los niños jugar—. ¿Sabes algo Jasón?—dije mirándolo.

—¿Qué? —me dijo sonriendo.

—Si no te hubiera visto en ese trabajo, tal vez yo no estuviera aquí ahora con ustedes —dije feliz y volviendo a ver a los niños.

—Hola, chicos —dijeron Hades y Marie al unísono.

—Hola —contestamos.

—Y dime Marie, ¿cómo te sientes? —le pregunté con una sonrisa.

—Esto es horrible, ¿en serio tuviste que pasar por todo esto? —dijo fastidiada mientras se sentaba a mi lado derecho.

—Ja, ja, ja, así es Marie, pero pronto te acostumbrarás —le dije con una sonrisa.

—Mamá, vengan todos —gritaron Cristal y Ronald.

—Ya vamos —dijimos todos y nos levantamos.

Entonces, caminamos hacia ellos.

—Mira mami, el atardecer —dijo sonriendo y abrazándome.

Estábamos en una pradera viendo el hermoso atardecer. Walker me abrazó y con esto me di cuenta de que nada había terminado. Esto es solo el comienzo de algo maravilloso.

Sobre el Autor

Yesenia Martínez, nacida en diciembre de 1995 en Nuevo Laredo Tamaulipas, México. Estudió en E.S.T Fronteriza. Su educación media la concluyó en el High School en Laredo Texas, continuando sus estudios en Estados Unidos.

Instagram: Yesenia_martinez95
Twitter: YeseniaMtz95
Facebook: Yesenia_Martinez95

CPSIA information can be obtained
at www.ICGtesting.com
Printed in the USA
BVHW071553260721
612924BV00006B/170

9 781662 490330